倘若人生是一場旅行

場所はいつも旅先だった

松浦彌太郎
Yataro Matsuura

目次

I

II

III

I

柏克萊的星期六

睡到自然醒的星期六，起床後去位於 Shattuck Avenue 的「Cheeseboard Pizza Collective」買「是日薄餅」，已經成爲我的習慣。

我盡量不去吵醒在旁熟睡的戀人 Karen，靜悄悄地起床，時間已經過了十一點。先扭開由冷水轉熱需時的淋浴花灑，再去刷牙。熱水湧出來了，整個浴室冒著一陣蒸氣。漱口後脫去睡衣，淋一身濕，然後用「Dr. Bronner」肥皂由頭到腳洗一遍。向前、向後轉了兩三個圈，讓熱水由頸流下，直至全身暖呼呼的，才關掉花灑。吁出長長的一口氣，用厚厚的浴巾擦拭頭、臉、身上的水珠，換上乾淨的內褲及昨天穿過、晾在客廳椅子上的衫褲。

穿著鞋跟磨損了的「Vans」運動鞋外出，三藩市萬里無雲的晴空及熾熱的陽光，隨即向我襲來。瞇起眼睛，不服輸地用力一下一下踩著爬山單車的腳踏，悠悠地滑過 University Avenue 和 Geary Street 的住宅區。向下坡的路面成爲助速推進，我不用使勁單車亦徐徐前行。穿越種在路邊的薰衣草的香氣，於 Sutter Street 轉角的「聖塔菲式」（Santa Fe Style）宅邸向右轉，漸漸看到同樣踩著單車的人及單手拿著報紙的行人。大家都是去買薄餅的。

出了 Shattuck Avenue，我把單車泊在酒店與咖啡店合一的「French Hotel」。剛鎖好車，便從背後聽到 Fred 跟我說：「早晨！」八十七歲的他，是二手書店「Black Oak Books」的老闆，在這個四月天已經穿著輕便的網球衫及短褲。我與 Fred 一同步向「Cheeseboard Collective」。到達店外，看到在門口已排著一條長約二十米、來買薄餅的人龍。黑板上寫著「是日薄餅」的口味是「羅馬番茄及意大利青醬薄餅」，這款式上面鋪了滿滿的水牛芝士，簡單又好味。上星期是「新鮮粟米及薯仔薄餅」。

店內傳出現場演奏的爵士樂，是由附近居民自發組織的週末演奏會。整店洋溢閒適的氣氛。三五成群聊得興高采烈的人、坐在路邊草坪鼓著腮吃薄餅的人，都在分享這個悠然的星期六中午。

終於到我了，「四片薄餅外賣！」在廚房正在拉麵糰的 David 認出我的聲音，向我揮揮手，手勢示意「晚點給你打電話」，我也舉舉手回應他。

我單手拿著裝薄餅的紙袋，踏著爬山單車，向 Addison Street 的公寓駛去。一邊踩著腳踏、一邊想著，咖啡豆足夠嗎？有牛奶嗎？要買橙汁嗎？

我把單車直接駛入公寓入口旁的草叢，調整一下呼吸後，靜靜地打開大門。脫下運動鞋進屋，咖啡的香氣隨即撲鼻而來。瞧向廚房，便看到倚在櫃邊、待著咖啡滴漏完成的 Karen 向我笑著道早晨。

看一下手表，時間是十二點半。我們的早餐現在才開始。看看新聞、聽聽收音機，閒話家常、說說笑笑，轉眼便過了下午三點。不一會又回到床上，做愛做的事。日落之後起床洗澡，接著到繁華的 Telegraph Avenue 散步三十分鐘。然後晚飯去印度餐廳「Naan Curry」吃咖喱，飯後慢慢品嚐一杯印度奶茶。回程定必繞道去「Moe's Books」，看看書，才返回公寓。夜晚，打開窗簾，我躺在床上，看著星星，緩緩閉上眼睛，把臉埋在 Karen 的秀髮裡入睡。

如是這般，我們一貫的星期六落幕。沉睡了的街道，夜空中劃過一顆星星。

名為 Aya 的少女

在 West Broadway 七十二號的轉角有一間印度人經營的餐館，我常到位於二樓的咖啡店「Blue Cross」喝紅茶。這間店是我現在的公寓房東 Joanne 推薦的。而把 Joanne 介紹給我認識的，是我寥寥可數的紐約朋友中的 Seth。Joanne 與男朋友同住，然後把自己的房子出租賺外快。月租五百五十美元。跟名人及有錢人聚居的紐約 Upper West Side 的一房單位相比，這個租金眞是物超所值。不過是有條件的。Joanne 本身是個傑出的鋼琴家，而且駐場爵士樂俱樂部老店「Birdland」作演奏，每週有兩天她需要回到房子練習鋼琴，而我必須要把房間空出來，於是在她練琴的日子，我都會去「Blue Cross」。

在「Blue Cross」有一名來自布達佩斯的女侍應，是個安靜的人。我每週兩次露臉，多次跟她問好，她都不會跟我對上眼，只是低頭回應一下而已。對待其他客人她亦如是態度。我每次都會帶著書本，點一杯紅茶，坐上最少三個小時。雖然看似不甚友善，但她都會默默地為我添加紅茶。當我跟她說謝謝時，她總是看向遠處，低聲道不用客氣。店裡安靜得很。

我沉在沙發中看書，Aya 便坐在收銀機旁，一邊用耳機聽收音機，一邊吃著小盤子中的餅乾，腰板挺直，雙手放在膝上輕輕合著。陽光從面向 West Broadway 的窗戶跑進來，柔柔地照在聽著收音機、呆望窗外的 Aya 的側臉，及她藍色的瞳孔。那模樣就像維梅爾（Jan Vermeer）那幅《中止奏樂的女孩》（*Girl Interrupted at Her Music*, 1660-61）畫中的少女般美麗。

「Blue Cross」的客人不多。Joanne 說晚市時段會比較熱鬧，因爲有提供酒類飲料。日間來的都是熟客。在咖啡店斜對面的熱狗店工作那頂著飛機頭的男人、隔壁中菜館老闆兼任主廚的中國人、馬路對面開花店的老太太、抱著如山的書本到來像學者般的老紳士等。由於只有一塊刻著店名、不甚起眼的小門牌貼在外牆上，幾乎不會有陌生人冒昧闖進來。

某個下雨天，我照樣帶著幾本書來到「Blue Cross」，店內一個客人也沒有。我選了靠窗的沙發坐下，向 Aya 要了一杯紅茶。

那天的 Aya 跟往日有點不一樣。當她送來紅茶時，我看到她的臉頰染上了淡淡的粉紅。平常不化妝的 Aya，今日竟然塗了唇膏。可能是我的錯覺，總覺得就連她穿著的短裙，顏色也比以前亮麗多了。我瞄了一下坐在收銀機旁的 Aya，她好像變了另一個人似的，閃爍耀眼。Aya 怎麼了？

我不禁想，Aya是在談戀愛嗎？

從那時起，Aya改變了。乾燥的指尖變得粉紅細嫩，指甲磨得透亮。跟她擦身而過能嗅到幽幽的香水味。但態度依舊冷淡。就算跟她講「早晨、你好」，她依然只是低頭小聲地回應。無論如何，咖啡店的氣氛都因爲Aya的改變而清朗起來。雖然常客之間並沒有直接談論，但大家對Aya的改變都感到高興。

又過了大約兩個月，在一個炎熱的夏天，我再次來到「Blue Cross」，Aya竟然變回以前的Aya。由於已經接受了明媚的Aya，大家都在擔心她發生了甚麼事。最令人震驚的是，Aya把她那頭美麗的長髮剪短了。常客們都很喜歡Aya的長髮。Aya一如既往地坐在收銀機旁，載著耳機，聽著收音機。那一天，看慣了的身影顯得特別哀愁。

結帳時，我試著跟Aya說話。

「Aya，你剪髮了嗎？」

聞言，Aya抬起頭，直視著我。

「啊，是的。我剪頭髮了……」

寂靜的店內，我第一次聽到Aya的聲音。

Aya像甚麼事也沒發生一樣坐回椅子上，聆聽著收音機，透過細小的窗戶眺望外面的風景，拿起餅乾，像小鳥般小口小口啄食著。

失眠夜遇上美麗的二人

失眠的夜晚讓人特別惦記人的温暖，尤其在旅途中。一整天在街上遊蕩，嚷著好累了，然後伸一個大懶腰，便鑽進被窩中。怎料把頭擱到枕頭上，腦袋卻依然清醒。向側換一換睡姿，努力令自己入睡。瞄一下時鐘，唸叨著原來已經這麼晚了，要快點睡去。以為想東想西，慢慢就會入睡，卻愈想愈清醒。再瞄一下時鐘，抱怨著又過了兩小時。躺在床上輾轉反側，伸伸腿又縮回去，怎樣也睡不下去。啊，不行了。沒辦法之下，從床上爬起，眺望窗外的風景。

位於 West 51st Street 九號的酒店對面，是一座六層高的舊公寓。望向那邊時，其中一個單位的窗戶亮著一點燈光。那個位置稍稍低於我的房間，透過蕾絲窗簾可以看到單位裡面。窗邊放了一張小圓桌，桌燈下堆了幾本書，房間裡掛著一支古典結他。看著看著，窗邊突然冒出一男一女的身影。兩人走近窗戶，打開窗簾，和我一樣看向窗外。他們在看甚麼呢？想著想著，一瞬間彷彿跟他倆的眼睛對上了。我慌忙從窗邊挪開。幸好我這邊沒有開燈，他們應該沒有看到我。我再次望向二人，他們仍然看著窗外。可能是眼睛適應了光線，我看清了兩人的容貌。男的是金髮白種人，女的長著一頭黑色長髮，像東歐人。兩人看上去很年輕，二十來歲。令我震驚的是二人都一絲不掛。

女人的嘴巴開開合合的像在說話，邊說邊仰望著男人。男人只是佇立著，望向窗外。女人注視對方，上前伸手把手指插入他的髮間，然後順著頸、胸、肩膀到手掌撫摸。我自覺看到不應該看的畫面，倏然遠離了窗邊，回到床上蓋好被，假裝沒有看到過二人的行爲。不遠處，傳來了警車鳴笛聲、醉漢叫囂聲和馬路上的士急剎後行車的聲音。聽覺沒由來地變得敏銳，我恍惚聽到了女人微弱的哭泣聲，那不是連續的哭聲，而是凝神傾聽時消失了，不爲意時卻又聽得清清楚楚的。

我拿起放在床頭的礦泉水一飲而盡，走到窗邊，再一次看向二人所在的單位。剛才還有一點燈光的室內現在漆黑一片。也對，兩人應該已入睡了。瞄看時鐘，已經過了淩晨三點。不禁鬆了一口氣，但又有一點失望。我繼續呆望窗外，試著把貪戀體溫的想法驅逐。於漆黑中，透薄的蕾絲窗簾在搖動。凝神一看，在那沒有燈光的窗邊，我看到了男女站著相依的黑影。男人抱著女人，女人的長髮在喘息中搖曳。

二人的身影被街燈微微照映著，神秘又美麗。這是我第一次這麼近距離偷窺他人歡好的情景……

翌日，眩目的陽光照進床鋪把我喚醒。我以剛睡醒的模樣，去距離酒店數米的小店買咖啡。1.25美元的咖啡，注入滿滿的牛奶。付款後走出店外時，在門口與散發著檸檬草香氣的人擦身而過。回頭一看，看到一頭黑色長髮的女子背影。和我一樣，她也是穿著睡衣來的。女人向店員說道：「兩杯咖啡外賣。」那聲音很清脆，充滿生命力。

那是紐約一個晴朗的早晨。

雨中觸碰到的柔軟

早上起來，體溫量出 39.4 度。

昨日深夜，我一個人到訪教會那家咖啡店「OH, SO LITTLE」。我心想，與熟人見面應該可以消除夜晚的孤寂吧。咖啡店幾乎坐滿了人，環顧四周，卻沒有一張認識的臉孔。

唉，算了吧。

座位都已經坐滿了，只好到吧桌，我大聲喊了三遍才成功點餐，要了一杯咖啡及雙重朱古力冬甩。不一會，我面前放下了一隻碟、碟上盛著一個咬了一半的冬甩，以及一杯煮過了頭變得苦澀的咖啡。

正當我咬下三口雙重朱古力冬甩、伴著咖啡嚥下時，一個揹著背包的女子從身旁倏地冒出。看她氣喘吁吁，應該是跑來的吧。我把頭轉向她，和她對上了眼。

「嗨……」

她瞄了我一眼便打了個平常不過的招呼。

「嗨，你從哪跑來的？」

「不是的，我剛下班。」

「咦，你在這裡工作的嗎？」

「是的，我見過你……你是常客。」

我再仔細看看，認出她正是這店的女侍應。她就是那個把啡栗色頭髮編成三股辮、隨意地套著一件過大的連帽衛衣、穿著裁短了的「Levi's」燈芯絨褲的女孩。我還記得她一般不穿襪子，明明很瘦削，上圍卻很豐滿。

「呼，終於放工了……」

「要喝點甚麼嗎？算我的。」

「真的嗎？那……意式泡沫咖啡加冧酒！要加很多很多冧酒！」

她大聲地向吧桌喊道。

「你好，我叫 Sara，我懂日語。」

她用日語對我說。她以前有一個交往了四年的日籍男朋友，也曾於柏克萊加州大學修讀日語。眞是一個聰慧的女孩。

「你住在三藩市？還是來旅行？」

「我沒有簽證，在日本和三藩市之間來來回回。不久前，我跟中國籍女朋友在這附近一起住。和她分開了之後，便住進了田德隆區（Tenderloin）的廉價旅店。」

「哦，原來如此……」

她拿起加了冧酒的意式泡沫咖啡，伸出舌頭舔著浮在上面的忌廉。說著，我緩緩看向窗外，不知從何時開始下起雨來了。

「Sara，你看，下雨了。」

「啊，眞的呢，下雨了。我要趕緊回去。」

「我們會再見嗎？哪日天晴，可以在柏克萊附近一起吃午餐？」

聞言，她一瞬露出困惑的神情。「嗯，好吧。」她還是答應了。「你還不回去嗎？有沒有帶傘？」她的手托著下巴，張眼凝視著我。

「我不用傘。不過，是時候回去了。今天很高興認識你。」

「要不，跟我回去？我的公寓就在前面的第三棟大廈……」

她像是在邀請我。我心想，今天眞幸運。

「嗯……這樣嘛……」

我向吧桌付了自己及她的飲料錢，然後搭著她的肩膀步出咖啡店。

店外下著傾盤大雨，我抱著她的肩膀向前行。走著，有幾次不經意碰到她柔軟的胸脯。

「……上去坐坐？」

她住的小公寓在這棟大廈的第三層。我一身衣服滲著雨水走上樓梯。

「靜一點……大家都已經睡了。」

我懷著緊張的心情，一聲不吭，幻想著一會兒將會在她房間裡發生的事情。

「你在這等等，我收拾一下房間。」

說畢她關上門。

兩三分鐘後，門再次打開。

「對不起，今天你還是回去吧……」

她滿不好意思的道。

我不知道原因。無可奈何之下，我走下樓梯，站在行人路仰望她公寓的窗戶。殊不知，看到一個不是她的身影。

在走回旅店的悠悠長路，我的腦海裡充滿著她胸脯那隱隱約約的觸感。她的柔軟……被挑起了的激情，一時半刻無法平息。

無論經過多少年，我仍然忘不了那時的觸感。一直期盼著與她再相遇。我是多麼的懵懂……

她的去向（前篇）

住在紐約 West 44th Street 的「Mansfield Hotel」的一個早上，我在酒店的酒吧吃早餐時，突然碰到一位面熟的日本女子。

「好久不見了，想不到在這裡碰見你……」

「就是嘛，你來這邊工作嗎？」

「是的，不過昨天已經完成了。現在是休假，打算在紐約多待三天。」

「原來如此。我是來這裡探望朋友的。那個……如果你有空的話，要一起來嗎？我可以介紹我朋友給你認識。她一定很高興。」

她單手拿著咖啡，在旁邊的沙發坐下。

「也好。反正今天我本來打算一整天都窩在酒店……」

我對她的邀約興奮不已。

「那麼，待會十一時正，酒店大堂等。我們可以一起步行到我朋友的家。啊，我不打擾你吃早餐了。待會見。」

說畢，她便拿著咖啡走進升降機，回房間去了。

我曾經爲一本男性雜誌寫專欄，她便是當時的負責人。專欄維持了兩年，之後便再沒有聯絡。上一次碰面已是三年前。

到了十一點，我來到酒店大堂，卻未見她的身影。以前每次會面，她都會提早到達。我在大堂的仿古長椅坐下等她。

過了三十分鐘，她仍未出現。是不適應時差而睡過了頭嗎？於是，我在前台借了電話撥號到她的房間，沒人接聽。

不會有事吧……我尋思著，繼續等待。按約定時間已過了一小時。可能她突然遇到甚麼事不能來了吧。我在前台留下口訊，告訴職員她的名字，本來約好了但沒有見到她，就先回房間去。如果她來了，請她給我打個電話。

晚上七時，我從酒店出去，打算找個地方吃晚飯。經過前台順道問她有沒有回來。職員回答：

「沒有。」真是奇怪……我有不祥預感。不過，她比我更熟悉這地方，英語也說得比我好，應該沒事的。我安慰自己，試著不要多想。

話雖如此，那天晚飯我完全提不起食慾。在希臘餐廳點了我最喜歡的意粉，卻剩下了一半。我心裡懸著放不下，擔心著她。

回到酒店，找來了負責經理，並跟他說明了事情的經過。我表示非常擔憂她會不會出了狀況，希望可以到她的房間去察看一下。

「她可能生病倒下了……」

「好吧，那麼我們一起去看看。」

經理答應了我的請求。

到了房門外，我們多次叩門、大聲呼喊，都得不到回應。經理拿出備用鑰匙，打開房門領先走進去。「小姐，你在嗎？」經理問。慢慢地打開睡房門，裡面沒有人。房間很整潔，好像收拾過了，她的行李箱放在角落處。

「看來……沒有人……」

「謝謝你，只要知道她不是昏倒了就好。」

我問經理，她退房的日期，他便用房裡的電話撥到前台詢問。

「預定於明天退房，今天晚上應該會回來吧。」

她是不會爽約的人。我無論如何都不能抹去心中的不安。

翌日一早，我撥電話到她的房間，還是沒人接聽。我再撥到前台詢問，他們還是說她沒有回來。

已經過了退房的時間。她就這樣在紐約突然消失了。

她的去向（後篇）

到了早上她依然還沒回來。

慌了手腳的經理聯絡警方，報稱說有日籍住客失蹤了。紐約市警察局的警察及刑警隨即到達酒店。其中有一名金髮小個子的女刑警，她的衣著令我相當驚訝，紫色的背心加迷你短裙、雙腳穿著露出腳跟的穆勒鞋、肩上搭著一個斜孭袋——那種不良少女愛用的款式，而且好像能隨時從袋裡拔出手槍來。

認識的人失蹤了，我卻這麼說好像有點缺根筋，「這個瘦弱的女生真的是刑警？」我不禁悄聲問站在旁邊的警察。「是的，她是個能幹的刑警。」「所以，你就是最後見過她的人了？」「是的，最後一次看到她，是昨天早上。」「也有可能是遇到意外，送往急症室了。」那位女刑警一連撥了多通電話，跟不同部門聯絡，指揮他們展開調查。「放心吧，一定會找到她的。」隨後，女刑警指示酒店經理去翻看閉路電視，查出她的行蹤。

這樣一來，酒店內頓時掀起了一陣騷動。警察從天台到地下，把整間酒店每個角落都搜索一遍。我只能旁觀，心裡不斷爲她祈禱，希望她安好。

大堂一角，剛掛上電話的女刑警此刻開口笑著說：「找到她了！」一衆警察立卽圍住她。「她就在附近的拘留所。」女刑警擺出一副沒好氣又好笑的樣子。「她昨天上午，在『Bloomingdale's』偷洋服，被逮捕了。眞是的，讓人白忙一場。」

原來她在百貨公司偷竊被抓了！不過知道她還活著，我鬆了一口氣。「不用擔心，今晚就會釋放她。」於是，女刑警領著一群警察浩浩蕩蕩地撤退了。

我在酒店大堂等著被釋放的她。將近黃昏，一輛的士駛至酒店，她從車廂鑽出來便看到了我。她哭喪著臉地向我說：「對不起……」、「遇到麻煩了呢。」、「眞的對不起，我沒有偷東西。我到『Bloomingdale's』購物。離開時經過電動旋轉門，每次只能容納一個人，怎料有個女人強行一同擠進來，很是討厭。出了旋轉門，保安員突然抓住我的手臂，問我袋裡的衣服是哪來的。我從來沒有見過那件衣服。我試著解釋，但保安員不理會，還立卽報警把我送到拘留所去了。等到懂日語的律師來到，我跟他說我沒有偷竊。怎料他說，那你是要打官司嗎？這樣一來，你需要待在拘留所好一陣子。不如把這件事當成一般交通事故那樣認罪好了，只需交付罰款、做些社會服務，這樣的話，明天下午就可以獲得釋放。但我不服氣，我真的沒偷東西。然後律師便叫我做好心理準備在拘留所留宿。最後，我放棄了，認罪了。我像個傻子吧。」我抱一抱她的肩膀。酒店的員工和經理聽了她的遭遇，都深表同情。

「不過，我也遇到一些有趣的事情。我跟拘留所裡的女士們聊得很開心。她們大多是妓女或毒販，知道我的狀況後都安慰著我，還分享了她們的故事。原來她們是拘留所的常客，幾乎每天都會被送進去，所以對那裡的一切都很熟悉，教了我很多事情。她們也有告訴我認罪的話，一天就能出去。她們的故事足以寫成一本小說呢，你覺得我應該寫嗎？」她愈說愈興奮。「明天中午，我要去警署做社會服務。雖然很不服氣⋯⋯算了吧，我會努力把警署的地板擦得亮晶晶。」

那晚，我邀請她共進晚餐。然後一起度過之後的三天，再一起回日本。這是一次紐約的奇遇。

倫敦的美食

「今天吃甚麼好呢？」

在倫敦的民宿（B&B）認識的德國籍女子Morjana，向正躺身在英式茶室沙發座上的我問道。

她從赫爾辛基、到蘇格蘭、再來到倫敦，一個星期後將出發去巴黎。她說她有一位交往了七年的戀人在巴黎等著她。

「無論到哪裡都吃不到好東西，倫敦果真是一個美食沙漠……」

來到倫敦已經一星期，我對直到現在味蕾還未被感動過這一件事，心生不忿。

在主打有機菜式的酒吧，意大利燴飯又鹹又辣，很是難吃。旅遊書上星級推薦的中菜館，擺上桌的是用微波爐加熱的小籠包。被封爲潮流熱點的泰國餐廳，不單食物難吃還要人均消費五十英鎊。品嚐當地美食是旅行重要的一環，卻連日落空了，沒有比這情況更令人悲憤。對不好杯中物的我來說，倫敦可說是個最差勁的旅遊地點。

「去吃咖喱？在 Brick Lane 有一間阿富汗咖喱餐廳。」

Morjana 把她的腳踝放到我的膝上說道。Brick Lane 以週末的跳蚤市場聞名。很久以前，一批「胡格諾派信徒」（Huguenot）絹匠從法國移居到這裡，之後，猶太人、印度人、阿富汗人接連到來，漸漸在 West End 形成了新移民街。

「好提議，回程時可以去買貝果（bagel）。」

我開玩笑似的搔了搔 Morjana 的腳掌，她隨即「哎」的大叫一聲，然後一腳把我踹開。

倫敦的秋風乾爽，很舒適。去 Brick Lane 的途中經過一間名爲「STORY DELI」的咖啡店。

「喂，這間咖啡店看似不錯。時間尚早，不如去喝一杯？」

我立即說好。這是因爲我很喜歡這間咖啡店的建築設計，那是由麵粉倉庫改建而成的。

店內有一張長桌，桌面由一整塊厚實的木板造成，用紙皮造的凳子也很有風格。

「這裡用的全是原木餐桌，眞有格調。」

Morjana 環視四周後亦點頭同意。原木餐桌就是日式燒肉店常用的那款。

桌面本身就是砧板，有時會看到一些菜刀劃痕，使用過度的話，中間的部分會像盤子般下陷。

「我要杯紅酒。你呢？」

「那，我要花茶吧。」

於是我們二人上前，來到擺放了一面大鏡子的桌前向店員點餐。迎來的是一位紅色頭髮的女子，點餐之間，Morjana 跟她聊著關於這店的事情。

原來這間位於 Wilkes Street 的有機咖啡店，是由「Select Shop – STORY」的老闆所經營。他們的人氣菜式是薄餅、沙律和撻餅。

「噢，怎麼辦？不如我們不吃咖喱，改在這裡吃晚飯？」

說實話，我的身心已經做好吃咖喱的準備。然而，看到她對這店的喜愛，即便現在跟她說「我們還是去吃咖喱吧」，她也一定會堅持要在這裡吃。那麼今天我就依著 Morjana 吧。

「好呀，就在這裡吃。」

「太好了！一定很好味。」

Morjana 高興地笑著。

於是，我點了雅枝竹薄餅，Morjana 點的是加了藍芝士的生菜沙律。在覆式半層二樓的廚房準備好的食物，都會擺放到木板上，整塊送到客人面前，很有特色。

「好味！終於在倫敦找到美食了。」我說著，卻沒有得到回應。只見 Morjana 沉默著，目不轉睛地看向二樓的廚房。

「Morjana，怎麼了？」她依舊一動不動。

我把手放到她的肩膀上，她才「啊」的一聲，回過神來。

「喂，在二樓穿圍裙的那個人是我喜歡的類型，我可以去搭訕嗎？」

Morjana 的眼神猶如戀愛中的少女。

「可以，不用在意我。」

說畢，她靜悄悄地走上二樓，跟一個身材瘦削的長髮青年搭話。他們稍稍聊了一會，她便跑回來跟我說：「嗯，不好意思，你先回去吧。我打算和他去喝杯茶才回去……」

那晚以後，Morjana便再也沒有回到民宿。到最後，我都沒有見到她，就此離開了倫敦。
我幾經辛苦在倫敦找到的美食，就連我的朋友也成爲了俘擄。

紐約的聖誕

十二月出生的我，剛過了二十歲生日的時候，發生了這件事。

當時的我對紐約還是很陌生，生活上的大小事情都依賴著我的猶太裔美國人朋友。我寄住在朋友家中的一室，是位於 Lexington Avenue 第三十八街，八層高公寓的頂層閣樓。升降機裡有一個寫著「PH」的按鈕，看上去很酷。我朋友的名叫 Julian，比我大兩歲。要說年紀輕輕的 Julian 爲何會在這麼好的地段擁有一個頂層公寓，因爲那是 Julian 爸爸名下的物業之一。Julian 讓我寄住在那裡，還說住多久都可以。

我是經由一位長輩朋友的介紹而認識 Julian。那位朋友在紐約經營時裝店，Julian 在那邊任職經理。當我正計劃到紐約旅居時，他便提議：「有一位很友善的年輕人，你可以去見見他。」並給了我 Julian 的聯絡方法。

數日後，我抵達甘迺迪國際機場，發現寫著住宿酒店地址的便條不見了。我打算先乘的士到酒店所在的地區，再到處找找看。的士徐徐向曼克頓駛去，在區內左轉右拐，找了好一陣子，卻一個酒店門牌也沒看到。到了黃昏，街上的夜店開始營業，去找樂子的人漸漸聚集。我的心開始慌了，哪裡都可以，要快點找間酒店住進去。倏地，我想起了朋友給我的 Julian 的聯絡電話。當時我說的英語超爛的，但顧不得那麼多了。

我用公衆電話撥號到 Julian 的家。不一會，從話筒裡傳來一把溫柔的聲音：「Hello！」那便是 Julian。我用蹩腳的英語試著溝通：「我從日本來，是你上司的朋友。我，迷路了。救我。」「明白了。你在哪裡？留在那邊等我，不要到處走動。」Julian 說。

約十分鐘後，我聽到「YATARO！YATARO！（彌太郎！彌太郎！）」的喊叫。遁聲望去，看到一名青年從對面馬路急步向我所在的方向跑過來。我連忙回應：「I'm here!」Julian 便認出我了。Julian 是一個目光溫柔的人。我跟他講述步出機場以後的經過。聽畢，Julian 便說：「那就來我家住好了。」

Julian 是同性戀者，他的戀人名字叫 Tom。我對此並無任何意見，Julian 亦很大方，沒有隱瞞的意思。讓我難爲的，是 Tom 對我的敵意。住下來之後，Julian 和 Tom 經常爲了我而吵架。以往每逢週末都能享受二人世界，現在卻被我這個不速之客破壞了。

「你要我把彌太郎趕出去嗎？他在紐約人生路不熟。而且，是我上司的朋友。」

「彌太郎是來旅行的吧，旅行就去住酒店，反正他最初也是這麼打算的。」

他們就這樣在我面前吵起來。

我很感激 Julian 收留我，但我的英語不足以充分表達我的謝意。

聖誕節當日，我無論如何都想讓 Julian 和 Tom 享受一下久違的二人世界。那天早上，我趁著 Julian 外出，留下一封信，便離開了公寓，住進了第五十一街的廉價酒店。

那天晚上，我用毛氈包裹著身體，蜷縮在沒有暖氣的細小房間裡。扭開畫質差劣的黑白電視機，聽著聖誕歌。那一刻，我很是寂寞。正當我睡眼朦朧之際，被突如其來的叩門聲驚醒。我膽戰心驚地打開門，看到 Julian 和 Tom 就站在門外。

「彌太郎，你跑到這裡幹甚麼。家裡已經準備好了，一起回去過聖誕吧。」Tom 跟我說。

Julian 微笑著拉起我的手，我的眼淚便嘩啦的湧出來了。我哭得像個孩子般，停不下來。

那年聖誕夜，三人一起從帝國大廈看出去的夜景，是最美麗的。

她的新笑容

我很少與他人結伴同遊，打從一開始，我就習慣一個人旅行。

兩年前的冬天，我認識的一位女性朋友工作遇到瓶頸，人際關係不順。處事務實的她，因爲壓力不知不覺的與日俱增，搞垮了身體，頻頻休假。最後，決定從任職了七年的著名製藥公司辭職。

聽到她離職的消息，我感到難過。我知道不是所有人也如是，但好像愈是認眞的人便愈容易受到社會殘酷的洗禮，甚至成爲犧牲品。而那些仗著小聰明、態度輕浮的人，卻較爲容易生存下來。這類人通常對公司或他人有丁點不滿時，便到處訴苦、求安慰，毫不顧忌會否爲他人帶來麻煩，做事也不顧及後果。不過這麼一來，他們的壓力反而得到紓緩，能在這個社會混下去也很是合理。可惜我朋友的性格剛好相反。

在飛往倫敦的航機上，她對前公司的人和事隻字不提。飛機起航後過了六小時，一言未發的她向我說：「可以開窗嗎？」「不太好吧，現在很多乘客都在睡覺。前面通道有一扇窗，你可以去那邊看看。」「嗯，好的。」說罷，她便起身，走開了。之後我睡著了，也不知道她多久後才回來座位。我醒過來，看到她坐在我旁邊，睜大眼睛，毛氈蓋到鼻子下。

「啊，你回來了？看到天空了嗎？」我問道。「嗯，天空和雲都很漂亮……」她回答。然後，她看著那扇緊閉的窗，抓起我的手問：「可以嗎？」她的手很冰冷。在餘下的旅程，我就這樣握著她的手，兩人不說一話。

到達倫敦希斯路機場後，我們等著來迎接的朋友。由於我是來工作的，所以拜託了在倫敦的夫婦朋友照顧她。我和她就在這裡分道揚鑣，約好一星期後，一起乘飛機回去。我預訂了在St. Jame's Street的酒店，而她會住在我朋友的家，到郊外看看大自然，逛逛美術館。

不一會我的朋友來到了，我給各人作介紹，她便鞠躬問好。「很高興認識你，在這裡好好放鬆一下吧。」朋友的妻子Rika說。「那麼，我們一週後見。」「嗯，好的，你保重。」說畢，她便頭也不回坐進朋友的車。

半個月前，我說：「下星期要到倫敦取材，那邊的天氣想必已經很冷了。」聽罷，她立刻問道：「我可以一起去嗎？我會一個人待著，不妨礙你工作的。」一開始我是有點困惑，但想到可以讓剛剛事業失意的她散散心，便答應了。於是，我們訂了來回行程一樣的機票，打算到埗後各自行動。然後，聯絡了居住在倫敦的朋友幫忙接應，他們很爽快的答應了。

一週後的早上，我入閘坐上飛機，看到她已經坐在裡邊。我向她揮揮手，把行李放到層架上，便坐到她旁邊。「你辛苦了。」她說。「嗯，你呢？在倫敦玩得開心嗎？」「開心。」她點頭。

我不知道她在倫敦的經歷，也沒有特意詢問我的朋友。自飛機離開希斯路機場，她便一直盯著窗外看。不知過了多久，她問：「可以嗎？」然後握著我的手，她的手依然是冰冷的。「嗯，沒關係。」我答著，並用力握了握她的手。她也用力握回來。她看著窗外，輕輕的說：「謝謝你。」

我們逗留在倫敦的同時，東京已經迎來了新的一年。「啊，對了，新年快樂。」她聞言，呆了一會，回道：「嗯，新的一年要加油喔……」此時，她向我展露了整個旅程中的第一個笑容。她那純粹的笑容令我難以忘懷，那刻我放下了心頭大石。然後，她便繼續凝視著窗外的那一片藍。

關於母親

我跟母親說會到外地短期居住時，她只是冷淡的回應道：「哦，是嗎。」她沒過問我要去哪一個國家，哪一個城市。我補充說下週便出發，她同樣地只是回應說：「哦，是嗎。」僅此而已。

我和母親的關係不差，但也說不上親密。從小父母便雙雙出外工作，使我自幼獨立。做任何決定前，從來沒有找父母商量的習慣。通常都是事後報告，或者在最後一刻才通知他們。

久違的紐約冬天，那年下了一場幾十年以來的大雪，每日的氣溫都在零度以下。

那時還是個沒有手提電話的年代，所以我把我的酒店地址和電話號碼寫下了給母親。她並沒有要求我這麼做，只是我想至少應該要給她留個聯絡。說實話，我這樣做也許只是爲了自己在旅途中，心裡能夠踏實一點。

離開日本約兩個月之後的一個下午，因爲生病了，我留在酒店休息。就在此時，我的房門被敲響了。我打開門，看到酒店的員工，他說：「有電話找你。」因爲房間裡沒有電話，所有撥號都由前台接聽。於是，我乘著起動時吱吱聲的老爺升降機，去到前台拿起話筒。打來的竟然是母親，我很詫異。

「喂、喂？家裡收到很多年糕，要給你寄點嗎？」

「嗯……但這裡沒有燒年糕的用具，酒店又沒有廚房，還是算了。」

「你那邊如何？」

「這邊很冷，因爲有點不舒服，正在酒店休息。」

「有發燒嗎？」

「沒有探量，不知道。」

「哦，是嗎。」母親給了一貫的回應。

「有好好吃飯吧。」

「有在吃，不必掛心。」

母親頓了頓。

「那，就這樣吧。」便掛了電話。

之後我才想到，不知道日本現在是甚麼時間，母親是計算過時差才打來的嗎？

過了一個星期後的早上，母親又打電話來酒店了。

「病好了沒？」

「嗯，還好吧。」

「哦，是嗎。我剛好有要事，來到附近。」

「甚麼？附近？你指紐約？」

「是的，我來探望朋友。現在去你酒店那邊，方便嗎？」

「你要來？你現在在哪？」

「機場囉，我現在搭的士過來。」

「現在大雪，的士可能來不了。」

「無問題的，就這樣吧。」

母親從沒去過外地旅遊，我也記不起她何時有個住在紐約的朋友。我到酒店門外查看，外面正下著大風雪。

過了一小時，一輛的士停在酒店門外，一個身影從車廂鑽出來，那正是雙手拿著很多行李的母親。

「怎麼不先跟我說一聲，我可以去機場接你。」

「總不能叫病人跑到機場去。」母親說話時口裡吐出白霧氣。

進到酒店，母親逕自走到前台，向職員鞠躬，用日語說：「你好，小兒承蒙關照了。」他們都被母親殷勤的態度嚇得目瞪口呆。

我領著她來到我的房間，進房後她便抿著嘴沉默著。想必是看不過眼這房間過分簡陋又寒冷吧，我從她的眼神便明瞭了。母親把手上的行李遞給我，我一看，裡面裝滿年糕、即沖麵豉湯、紫菜、豉油、仙貝等食品，還有感冒藥。

但最令我驚訝的是，母親連三文治機都帶來了。

「你用這個烤年糕吃吧。」

「其實你不用特地拿這些過來……」我沒法直率地向她道謝。

「那麼，我回去了。」母親剛放下行李，便說要走了。

「你要去哪裡？」

「去朋友那裡。」

「那是哪裡？」

「就在機場附近。」

我試著勸她留下，但她堅持要離開。

我們一起到前台電召的士，在等候期間，我瞄了一下母親，看到她的臉龐滑下了一行眼淚。看著，我也熱淚盈眶起來。我們誰都沒有說話。直至的士來到，母親才開口說：「你加油吧。」

「嗯，謝謝。」看著母親坐進的士：「那麼，再見了。」然後關上車門。的士慢慢地駛進風雪中。

三日後，我再次收到母親的電話，這次是從日本打來的。才知道，那天母親乘搭翌日早上的飛機，已經回到日本了。

「早幾天，謝謝你啦。我不知道原來你懂得英語。」

「不要把父母當傻瓜。」母親噗哧地笑了。

「對了，你在紐約的朋友是誰？」我問道。

「你不認識的。」母親只是這樣回答。

馬賽的過客（前篇）

直到現在我也不清楚，爲何我會踏上這趟旅程。從巴黎駕車到里昂，留宿一宵，再到普羅旺斯艾克斯住了兩晚。我之所以輾轉來到這遙遠的馬賽，參與這莫名的三人遊，是被朋友強拉過來的。

三人遊並沒有想像中那般有趣，沒有私人空間的連日相處，已令大家感到厭煩。於是我們決定在馬賽分開行動，各自下榻不同的酒店。約定好回程的集合地點後，我們便揮手道別。

我來到名爲「ALLEN」的小咖啡店，它面向馬賽港，有一道厚木門。我點了一杯特濃咖啡，打算在這裡悠閒的打發時間。終於可以享受一下久違的私人時間了。

抬眼便看到窗外海鷗圍成一圈，在馬賽蔚藍的天空中滑翔。

我伸展雙腳，把腿擱到放在地板的袋子上，倚著凳背，連續打了幾個呵欠。

那，之後做些甚麼好呢？唔，還是在這裡多待一會好了。就這樣反反復復的思想著，百無聊賴地消磨時間，是我旅行的一大樂趣。

休息個夠了，走出咖啡店，來到海邊的大街。我閒晃著，倏地看到足球選手施丹約十米高的巨型廣告板，上面的他眼神堅定，遙望著地中海的彼岸。廣告板的不遠處，有間綠色鐵皮屋頂的簡陋小屋，在屋前泊了一輛「Harley Davidson」電單車。雖然已經頗有年歷，但看得出保養得當，閃閃發亮。我好奇那是甚麼地方，一看，原來是一家紋身店。我不禁稱奇，這樣的一間海邊小屋，竟然是紋身店。

我在屋外試著探看裡面的狀況。「有何貴幹？」突然從身後有人問道。我回頭，眼前是一名年約四十、隨意束起一頭栗色長髮、身材瘦削的女子。「這裡是紋身店嗎？」其實招牌寫得很清楚了，但我明知故問。「對，這是我的紋身店。」她上身只穿一件黑色背心，因為沒有穿內衣，所以從腋下隱約可看見乳房。那條牛仔褲不知道多久沒有洗過，還有那雙像是穿了萬年、磨蝕了的馬靴，一看便是騎電單車的裝束。「你從哪裡來的？」「日本。啊，不過這次是從巴黎駕車過來。」「哦，原來如此。我有去過日本，在那邊開過紋身店。」「真的嗎？在哪裡？」「新大久保。」「啊，在新宿附近。」「是的。」她說她的名字叫 Michelle。「進來喝杯茶吧，剛好我有漢字想請教你。」「好啊，反正我有空。」

於是，Michelle 領著我進店裡。店鋪面積約六帖[1]，牆壁、地面都貼滿了紋身的圖案和參考資料。最裡面有一張小床，想必她也是睡在這裡吧。我單手接過她泡的咖啡，聽她分享她的經歷。原來她駕著電單車周遊列國，每找到合心意的地方，便會停留兩、三年，開紋身店。如此這般，大約過了十年。「那……這間店開了多久？」「唔……一年左右吧，是時候決定下一個目的地了。羅馬好像也不錯。」她給我的第一印象是冷冰冰的，而現在聊開了，發覺她其實很颯爽、很友善。

「喂，你可以幫忙看一下這些漢字嗎？我怕寫錯。」她遞給我一張紙，上面畫了一條龍在天空盤旋，中間寫著幾個字。她說那是客人要求的設計，還未完成的。上面的字是「自我」、「心」和「友情」。其中「友」字寫錯了。「這個字錯了。」我說，並糾正寫法。「是嗎？幸好有你看一下。」她拿出眼鏡戴上，仔細檢查我寫的字。我詫異地看著她戴的眼鏡，那鏡片的厚度不輸牛奶瓶的底部。「很厲害的眼鏡呢。」「不要取笑我了，我是超級大近視。」她咯咯地笑著。看她笑著那麼有趣，我也一同笑了起來。

「我在找今晚住宿的旅店，有好介紹嗎？」聽畢，她頓了一下。「要不，就住在這裡？」她

1／即約一百平方尺

繼續戴著那厚重的眼鏡，不經意的提議著。我煩惱著，不知道應該怎麼回應。雖然，這種情況對我來說並非沒有試過……

馬賽的過客（後篇）

到訪馬賽的我，就這樣意外地結識了紋身師 Michelle，還在她的住處兼工作坊裡寄宿。

這簡樸的小屋，隔著公路可飽覽地中海的美景。

「不要客氣，隨便坐。」說罷，Michelle 走到一張凌亂的小木桌前，弓著背，應該是因爲近視很深，像是要開始甚麼工序。我躺身坐在破舊的沙發上抒了一口氣，完全不像是才剛剛認識的人的家裡，感到很舒適。心情一放鬆，旅途上積累的倦意一下子畢露。觀察了一下整個房子，便知道這是一個旅居人士的住處。看上去好像很凌亂，但其實物品不多。只要簡單收拾一下，便可立即起行。除了傢俬，其他行李都能綽綽有餘地收進停在門口那輛「Harley Davidson」的儲物箱裡。

Michelle 停下手邊的工作，抬頭問：「你有沒有試過紋身？」

「有呀，去旅行時都會刺個紋身，作爲紀念。」

「讓我看看吧。」

「不要啦，那些紋身不是給人看的。」

「沒關係啦，給我看嘛。」Michelle 開玩笑的作勢要脫去我的上衣。

「好啦好啦，我讓你看就是了。」

於是，我脫去上衣，雙手抱住膝蓋。因爲我沒有在女性面前展露身體的自信。

「哎喲，看不出原來你有這麼多紋身。」

Michelle 微笑著，像醫生檢查病人般，把我身上的紋身前前後後看了個遍。

「都是些觀光紀念章之類的模樣。」

「看上去很不錯，我挺喜歡的。」

「這是哪裡？」Michelle 的手指在我左胸上的一雙海鷗上掃過。

「多維爾（Trouville）。」

她的手指移到我右肩的雷鳥，繼續問。

「這個是……阿布奎基（Albuquerque）。」

然後，她便一個一個的指著我的紋身，我便逐個說出它們的來歷。

「你去了好多地方呢。」

「都是年少輕狂的產物。也讓我看看你的紋身吧。」

穿著背心的 Michelle，兩手從指尖到肩膀，都布滿了像原始幾何圖形般的部落紋身。

「好啊……」

Michelle 脫去上衣，她身體的皮膚就像一幅畫布。畫了小鳥、貓、狗等小動物在原野上奔跑的模樣。她的乳房是一個花園，桃紅色的乳頭是盛開的雛菊。

「很可愛、很美麗。」我說著。她也讓我看看她的背後。

她背部畫有一座山丘，上面有間屋，有一群人圍繞著屋子跳民族舞，天空浮著七色的雲彩。是一幅富有神秘感、又很和諧的紋身。

「背部的紋身圖案是我的故鄉。」

Michelle 把褲子脫下來，只穿著內褲。她的雙腳也是從趾頭到盤骨以下都刺滿了紋身。

「我用自己的身體去練習紋身。」

然後，Michelle 摘下那副牛奶瓶底般的眼鏡，放到桌子上。手指按在我的胸膛，把她的嘴唇貼上我的，她的舌頭引誘著我。

翌日早上，我醒過來，沒有看到她的蹤影。朝陽直接照進屋裡，刺耀得使我瞇起雙眼。在旅途中，和偶遇的女性共度一夜，早上起來她已經離去——這猶如電影、小說中的場面，想不到竟然會發生在我身上，感覺十分微妙。如果這屋有廚房的話，我想那女的可能會為我煮早餐。

正當我在嘲笑自己的想像力時，一陣「Harley Davidson」的引擎聲駛來，告知我她回來了。我在床上看著她叼住煙、用腳踢開大門走進來。

「早呀，Michelle。」

「咦，起來了嗎？我買了早餐。」她手上拿著兩個紙袋。

「這裡的麥當勞很好味的。」

我看到厚鏡片後，她那雙眼溫柔的笑著。像在說，不好意思，不能給你親手煮早餐。

「好，來吃吧。」我起床穿上衣服。

這經歷有如故事情節一樣，令我感覺神奇。

Michelle 拿了一條炸薯條，沾過茄汁，然後說：

「那個，你在馬賽的紀念紋身，交給我吧。給你刺一個船錨的紋身，如何？」

我點頭答應。

就是這樣，我身上再添了一個回憶。

田德隆區的「Verona Hotel」（第一話）

二十年前，在我二十一歲的時候，偶爾間發現了三藩市的「Verona Hotel」。雖然我已多次到訪三藩市，但我每次都會住到朋友家中，一旦非要住旅店不可，我便迷惘了。

我住旅店的預算是三十美元一晚，究竟在三藩市哪裡有這麼便宜的旅店呢？我拖著行李走在最繁華的大街Market Street上。熟悉當地的朋友提醒我千萬不要去田德隆區（Tenderloin）區，因爲那裡的治安較差。但我沒有地圖，不知不覺間便走到那一區去了，因爲直覺告訴我，這裡會有便宜的旅店。在紐約也有過類似的經驗，只要觀察街上的人和街道狀況，我就能找著那種招牌小得不易看見、正門不在大街而是朝向小巷的廉價旅館。那裡也會被用作時鐘酒店，入夜後有妓女和毒販聚集，街上充斥著藥物及酒精的殘留氣味。

「Verona Hotel」位於這臭名遠播的田德隆區正中心，旅店的正門罕見地掛有日本、意大利及美國的國旗。這座擁有三十年代裝飾藝術風格的建築，與其說是廉價旅館，更像是被潮流遺留下來的舊式酒店。推門走進大堂，地面鋪著馬賽克小塊瓷磚，天花掛著意大利凡羅拿地區景色的照片和風景畫。

選擇這間旅店的原因，並不是因爲我喜歡這裡的氣氛，而是因爲入夜後，田德隆區內開始有很多閒雜人等湧現，一看便知道不是本地人，還是年輕亞洲人的我，走在街上已經多次被搭話、挑釁。我心知不妙，想盡快找個地方落腳之際，抬眼一看到這個旅店招牌，便逃亡似地立卽推門進去了。

前台是廉價旅店常用、狹小得不能同時容納二人的吧桌式接待處。我把行李袋放在門邊，走近前台，與一名年約五十歲的亞洲裔女人對上眼睛。女人微笑著問：「需要留宿嗎？」我問了房價，是二十美元一晚。我想，無論如何都先得在這裡住一晚吧，如果住得舒適的話再延長就好。她問我從哪裡來，我回答是從日本來的，然後她說日本遊客很常來這裡。繳了二十美元房租後，她便給我一把門匙，它連著一個寫有門號的大塑膠匙扣，並提醒我早餐是由早上八點開始。我問早餐要到哪裡吃，她便指著大堂另一端，被觀葉植物圍繞著的小沙發，及以古董衣箱替代著用的桌子。她瞄了一下放在沙發旁的咖啡壺，說咖啡是二十四小時供應的。

乘著錚錚作響的古老鐵閘門升降機，來到了房間所在的樓層。我用鑰匙打開房門，房間大小約六帖[1]，只放了一張單人床和單座位沙發。地面鋪了地氈，牆紙是黃色基調小花圖案的清新款式。心驚膽戰地去查看共用浴室和廁所，意外地比我想像中整潔，頓時安心下來了。

終於找到落腳地方，我鬆一口氣。一般的廉價旅店，窗外大都是對著建築物的牆壁。我打開窗簾，這裡卻有著與二十美元一晚價值不相稱的夜景。不禁冒起在這裡可以短暫住下來的想法。不知這裡會提供怎麼樣的早餐呢？我期待明天早上能夠見到這裡的住客。

外邊傳來震耳的警笛聲，我探頭窗外往下看，有一個黑人大字形躺在馬路中間。我再望向對面大廈，看到一個單位的窗簾拉開了，裡面有一家人圍著吃晚飯，那父親赤裸上身，電視機播放著棒球賽事。在田德隆區的生活可能並沒有大家想像中那麼糟糕吧，我想著。然後躺到彈簧聲吱吱作響的睡床上。

那時候的我，還不知道「Verona Hotel」是人盡皆知的傳奇酒店。

1／即約一百平方尺

田德隆區的「Verona Hotel」（第二話）

以治安差而聞名的三藩市田德隆區，位於 Leavenworth Street 和 Geary Street 交界，有一座七層高、名爲「Verona Hotel」的旅店，從它的建築風格融合了三藩市的現代感和維多利亞時期的色彩估計，應該是一九五〇年代的產物。

旅店的隔壁是一間名爲「鳳凰」的中菜館，也有一間二手店，裡面的商品像是從垃圾堆中撿回來般，都是看來沒甚麼價值的東西，像是單隻拖鞋和配不到一雙的單車胎輪。「鳳凰」從下午五點開始營業，一個男的負責廚房，一個女的負責前台，兩個都是中國人，以他們的年齡差距來看不像是夫婦。我決定留在「Verona Hotel」的翌日起，每天從它開店就過去吃晚飯，坐在窗邊的位置望著街景，直到晚上八點才離開。

晚上過了六點，田德隆區的氣氛便會一轉。早上，街道顯得沒精打彩，只有寥寥幾個黑人和墨西哥人在蹓躂。到了晚上，三教九流的人不知從哪裡冒出來，男男女女看起來都像是江湖人物，好不熱鬧。某天，我向「Verona Hotel」的新加坡籍員工Wen打聽：「這附近到了晚上治安好像不太好，沒有對旅店造成影響或者惡作劇之類的嗎？」Wen自豪地回答：「你知道這旅店的老闆是誰嗎？你記得每天早上吃早餐時，都有一個投幣到點唱機點歌的老人家嗎？他就是我們的老闆，是意大利黑手黨的大佬，看不出來吧。整條街的人都知道，誰夠膽做出損壞旅店或危害住客的事，那誰就要倒楣了。不過，之前有一次，一輛私家車從正門直闖進來了，聽說是黨中鬥爭引起的。」他用手拍一拍我的肩膀，保證這裡很安全，叫我不用擔心。

我發現只要坐在「鳳凰」靠窗的位置，觀察街頭，便會對這裡發生的事瞭如指掌，像在看電影一樣。

某天我看到的戲碼是這樣的——在對面馬路聚集了約十名不良少年，都是年約十五、六歲。另一邊，也聚集了大概十名年齡相約的不良少女，全部都是黑人。看來女子組那邊有人對其中一名少年感興趣，在起鬨該如何上前勾搭。這邊廂，男生們好像也猜到她們的心意，都在試著向女生們展示自己的魅力。有人扮著模特兒擺姿勢、有人裝酷的點煙、有人展示肌肉、更有人擺弄刀子。

女生們也不示弱，有的露出香肩、有的拉下牛仔褲展示內褲、有的拉低胸口露出乳溝，像脫衣舞孃誘惑觀眾般。都是年輕人，究竟是從哪裡學到的伎倆？

終於，其中一個男生試著走向她們。一名女生上前跟他說：「不是你！」示意他叫另外一個男生出來。那男生自討沒趣的走回去，跟那個被點名的男生交頭接耳起來。不一會，被點名的男生尷尬的走上前，邊行邊脫掉上衣和牛仔褲，剩下一條四角褲，站在女生面前。那女生最初見狀嚇了一跳，然後伸手撫摸男生深褐色的身體。女生合上眼微微抬頭的索吻，兩人便在路中心激烈擁吻起來，周遭立即歡呼喝采。之後，兩人抱著腰，逕自走開了。

類似這樣的戲碼每天都在上映，叫我不得不每天到「鳳凰」去吃晚飯。

然後，我便經歷了那場大事件。

田德隆區的「Verona Hotel」（第三話）

位於三藩市臭名遠播的田德隆區街角的「Verona Hotel」，每天早上八點，早餐供應的冬甩便會一箱箱準時送到一樓的旅店大堂。一到八點，住客便會穿著睡衣來到這裡，從箱子裡領過冬甩，再往紙杯注滿咖啡，然後把身體沉進舊沙發，享受這份「Verona Hotel」的著名早餐。

住客們都放鬆地像在家裡一樣，穿著睡衣、赤著腳的在大堂互道早安。有的在看報紙，有的在發呆，悠閒地度過早上。

我每天吃早餐時，都期待跟一位中國籍住客聊天。他的名字是Chan，他在這「Verona Hotel」已經住了四個月。他喜歡彈鋼琴，每天黃昏都會用旅店大堂的古董鋼琴演奏。有好幾次我們還在旅店旁邊的中菜館「鳳凰」一起吃晚飯。他是一個開朗、親切的少年。我曾問他爲甚麼來到三藩市，他只聳聳肩，沒有回答。

某天早上，我一如既往的來到旅店大堂吃早餐。可是跟以往截然不同，一踏進大堂便感受到一股沉重的氣氛。那位意大利黑手黨老闆一臉凝重的坐在沙發上，他的周圍坐著五個也像是黑手黨的男人。住客都不發一聲，拿了冬甩和咖啡便回房間去了。我並沒有看到 Chan，說起來，好像已經有幾天沒看到他。

到了晚上，我在「鳳凰」吃晚飯，照舊點了半份炒飯和雲吞湯。然後，那裡的廚師走過來問：「你知道昨晚的事嗎？」「不知道，發生甚麼事了？」「是關於 Chan 的。」「Chan 他怎麼了？」「他死了。被殺的。」「怎麼了！被殺？為甚麼？」「這是秘密來的，我偷偷告訴你。其實，Chan 是中國黑社會派來的。他們在這裡跟意大利的黑手黨爭地盤，於是派了 Chan 潛伏在『Verona Hotel』，目的是刺殺那裡的老闆。怎知計劃被識穿了，Chan 就被處理掉了。」「不是吧……」Chan 是中國黑社會派來的刺客？這簡直就是電影的劇情，令我難以置信。這件事就發生在我住的旅店？我呆住了。

翌日早上，我想著也許到了旅店大堂還是會見到 Chan 笑著出現吧。不過，到了大堂，我只看到老闆一個人站在點唱機前，雙手扶著點唱機的玻璃罩在選曲。未幾，他從口袋裡拿出一個硬幣投入機內，用力的按了一下選定曲目的按鈕，然後重重的嘆了一口氣。他選了意大利的歌謠。

我拿了多甩和咖啡坐到大堂角落的沙發。老闆緩緩的回過頭來看著我，笑了笑，口形說著早晨。他一邊跟著歌謠的節奏擺動著身體，一邊向我走來。

一想起這位是意大利黑手黨大佬，以及昨天聽說了Chan的事，我頓感雙腳乏力。

他走到我跟前，問：「我可以坐在旁邊嗎？」「請坐。」「今天的天氣很好。」他說。「你是從日本來的吧？現在那邊的氣候如何？」「現在那邊是夏天，比三藩市更悶熱。」「原來如此。聽說你跟Chan很熟絡，是在這旅店認識的嗎？」「啊，是的。每天早上吃早餐都會見到。他已經離開旅店了嗎？」我衝口而出的問。「是啊。」老闆說。「Chan在前天回故鄉了，遊子都總有回去的一天……」他說著，然後舉手跟剛上班的清潔員工打招呼。「Chan他死了嗎？」我很想這麼問，卻說不出口。

當晚，旅店大堂擺滿了鮮花，像是在爲Chan弔唁。「這些花是怎麼了？」我問前台的職員。「今天早上，老闆拿來的，吩咐我們用來裝飾大堂。」

時至今日，田德隆區的「Verona Hotel」仍然不間斷地爲住客分發著早餐的多甩。而那裡的老闆，每天早上依舊出現在點唱機前點歌。

在巴黎塞納河垂釣

我在拉丁區（Latin Quarter）的咖啡店認識了長著栗色頭髮的Parisienne。她告訴我，浮在巴黎塞納河（Seine River）上的西堤島（Ile de la Cité），從前是由漁夫集結而發展起來的。

每年一到秋季，都會使我想念巴黎。不需要目的或理由，我只想在巴黎街上漫無目的地遊走。我尤其喜歡到塞納河岸邊散步。

四年前，我在「維也納藝術史博物館」（Kunsthistorisches Museum）看到克勞德・莫奈（Oscar-Claude Mone）的《波西塞納河上的垂釣者》（*Anglers on the Seine at Poissy*），這幅在一八八二年完成的畫作，描繪數名漁夫在塞納河岸邊的小木舟上，悠閒地垂釣。當時的塞納河畔定必聚集了不少釣魚人士，好不熱鬧。在一九〇〇年的巴黎奧運會，釣魚首度納入爲正式比賽項目。六個國家分別派出約六百名選手，在塞納河比賽。於一小時內，哪位選手釣到最大的魚，便是金牌得主。

我在一邊想著塞納河往日的事蹟，一邊散步，發現了位於聖路易島（Île de Saint-Louis）

的釣魚用品店「La Maison de la Mouche」。店子的櫥窗裡隨意擺著釣魚竿、魚籠、釣魚背心及工具箱等釣魚用具。從那肉眼可見的塵垢，這裡似乎已經多年沒怎麼給打理過吧。

推開那扇破舊的店門，往裡面一看，就知道這是一間飛蠅釣（Fly Fishing）用品專門店。店內多款毛鉤像是博物館展品似的整齊陳列著。年老的店主從裡頭鑽出來：「Bonjour, Monsieur.（先生，你好。）」他那輕柔的聲線和表情，對我示意說歡迎，請隨便看。店內的牆上掛著一幀照片，上面是約五十年前在塞納河、穿著燈籠褲垂釣的人們。「以前很多人在這裡釣魚呢。」「是的，以前塞納河是釣魚勝地。」店主站到我身旁，一起看望照片，懷緬過去。我在店裡選購了一個蜜蜂模樣、像寶石般美麗的毛鉤。「這個星期天有釣魚活動，你也跟我們一起到塞納河釣魚吧。」正當我踏出店門時，店主邀請我參加他們舉辦的活動。「好的，知道了。」我回答。可是，翌日我便要回日本了，但我的心仍留落在巴黎。

一年之後，同樣是在秋天，我再次回到「La Maison de la Mouche」。店外的裝潢和招牌沒變，但裡面卻變得乾淨整潔得多了。走進店內，一名看來老實、約三十多歲的男子向我問好：「Bonjour, Monsieur.（先生，你好。）」「店舖轉手了嗎？之前的店東呢？」我問道。

「Dubos 先生他退休了。我買下了這間店，繼續經營。」他回答。從他那裡得知，這店的始創人就是 Dubos 先生。高齡的他因身體每況愈下，本想把店子結束了，但是塞納河附近一直以來就只有這一間釣魚用品店，如果結業了，對這一帶的釣魚愛好者來說，是一大噩耗。於是，作爲常客之一，這位青年便與太太商量，辭去了公司的職務，酬集資金，從 Dubos 先生那裡接手這間店。Dubos 先生以很便宜的價格出讓店子給他，但這是有條件的，一是店子的外觀要保持不變；另外，就是要繼續舉辦釣魚活動。這位青年答允了以上條件，當上了第二代店主。「那麼，現在 Dubos 先生在幹甚麼呢？」「他在南法享受著退休生活，有時會親手編織魚籠，在這裡寄賣。」

往店內一看，果然看到有幾個魚籠。「這些都是 Dubos 先生親手編織的。」店主拿了一個放到我手中。我仔細端詳著，肩帶是用麻繩編的，還有個木製的蓋子，是一件很精美的工藝品。「啊，原來 Dubos 先生一邊釣魚、一邊在造這個……」我莫名地感到很高興。「我想買個魚籠。」我不假思索地說。在我離開時，店主說：「這個週末有釣魚活動，請務必來參加。不用擔心工具，都可以借給你。」店主說著一年前 Dubos 先生也跟我說過的話。「好。我一定會到的。」我笑著回答。

那一趟巴黎之旅，我每天都掛著 Dubos 先生手編的魚籠，到塞納河畔散步，並嘗試了人生第一次在塞納河垂釣。雖然一條魚也沒釣到，但我仍然感到高興。

我親身體驗到，英國作家華特雷利琴（Walter M. Gallichan）在他的著作《快樂釣魚人》（*The Happy Fisherman*, 1926）中寫的：「眞正的釣魚愛好者，都喜歡帶訪客到水邊，毫不吝嗇地分享釣魚的知識和經驗。」

散落草地上的餅乾屑碎

英國有個字叫「bric-a-brac」，意思是沒有價值的古物。那些東西在五十年前的人眼中，只是破銅爛鐵。每當被問到我在跳蚤市場想找甚麼的時候，我都會答「bric-a-brac」，再加上陶器和玩具。然後，提問的人便會笑著給我指示應該到哪裡去找。另外，海報、傳單、地圖、報紙、雜誌等舊印刷品則統稱為「ephemera」。「Ephemera」原本的意思是「蜉蝣」，再引申成「那些舊印刷物就像蜉蝣的生命般一瞬即逝」的意思。

某天，我去到倫敦以北二百公里外的東英格蘭，那裡正舉辦「彼得伯勒古董節」（Peterborough Festival of Antiques）。從Brick Lane一間小小的二手傢具店的店員聽說，那裡能找到很多好東西。他說應該不難找到我的心頭好——五〇年代「Poole」和「Keith Murray」牌子的器皿。既然如此，我沒有不去的理由。

當天早上，我便急不及待地駕著租來的汽車，由市內到郊外，一直沿著M1高速公路駛去，不到兩個小時便到了Peterborough。

我太早到了，會場還未開放。我便到小食攤買了三文魚貝果和熱奶茶，想著到目前爲止一切都挺順利的。會場的上空飄著幾個寫著活動名稱的宣傳氣球，駕車來參加活動的人應該都是朝著這個氣球駛來的吧。在蔚藍的天空中飄浮著黃色和紅色的氣球，我心中讚嘆這童話世界般的景致。

這個會場大得難以形容，要從頭到尾看一遍的話，應該最少需要兩天。在這一望無際的草原上，數百名參展者駕車到來，在各自的攤位內陳列貨物。有人隨意把貨物放在草地上，也有人特地張開了帳篷。有人連搬運過程都省下來，把車泊在攤位打開車尾箱就是了。在這裡，客人和店主看來都很隨心率性。

在這裡的其中一個攤位吸引了我的目光。不，應該說是那裡的女生吸引了我。那女的年約二十多歲，一頭栗色長髮編成三股辮，戴著一副圓框玳瑁眼鏡，穿著嘉頓格連身裙，肩上披著檸檬色疏窿針織羊毛外套。在那約五平方米正方形的攤位地上，放了一個花瓶，花瓶後面鋪了一張野餐墊子，而她就側坐在墊子上，不時從口袋裡摸出餅乾細細咀嚼。

我上前問道：「我可以看看這個花瓶嗎？」「可以，請隨便看。」她微微笑著。「你眞厲害，活動才剛開始，便賣剩一個花瓶。」「不，我帶來的貨物就只有這個花瓶。」她害羞的笑了。

那個大花瓶正是我喜愛的牌子「Poole」，細緻的手繪畫上精巧的紋路圖形，是一件巧奪天工的作品。「你喜歡『Poole』嗎？這是 Alfred Rhead 和 Charlotte Rhead 父女一起設計的稀有品。」她盯著遠方的森林說。我猜想價值不菲吧，但還是問了：「這個賣多少錢？」「二千英鎊。已經算便宜了。」她摘下眼鏡，用裙襬擦了擦鏡片。摘下眼鏡的她，展露出清秀的容顏，令我的心跳漏了一拍。

我們多聊了一會。原來她想把這個在旅途中發現的花瓶賣出，作爲去蘇格蘭的旅費。然後再在當地尋找寶物，拿到古董市集賣掉。這兩年來，她就是這樣過活的。

由於時間尚早，我打算再看看其他攤位。半小時後，我買了兩杯奶茶回到她那裡，卻發現她已經走了。她坐過的草地上留下了一個圓形的痕跡，旁邊散落了零星的餅乾屑碎。想到她可能還在附近，我環顧四周，然而再也找不到她的蹤影，只剩下我在原地嘆息。

假如，有問到她的名字就好了。

柏克萊的「Serendipity Books」（前篇）

我到過很多地方旅遊，其中最喜歡的是三藩市柏克萊。

如果你問我喜歡那裡的原因，我的腦海會浮現很多臉孔，我喜歡的是住在那裡的人。每當我想去柏克萊旅遊，是因爲我想念那裡的人了。

從 Downtown Berkeley 站乘扶手電梯，來到主街道 Shattuck Avenue 的出口。站前廣場聚集了很多人，如揹著背包的學生，也有在路旁演奏班卓琴、腳邊蹲著一隻小狗的青年。馬路對面有街站在收集聯署，反對美國對伊朗發動攻擊。在這一如既往的早上，咖啡的香氣撲鼻而來。我繼續向東走，來到我這次下榻的酒店「Hotel Shattuck Plaza」，這古老的酒店是柏克萊有名的歷史建築。我抵達酒店時比指定的入住時間早了，但那裡的經理 Sam 還是讓我提前進去我常住的房間。我輕輕的擁抱了一下 Sam 以示謝意，Sam 眞是十分友善。

我每次都住在位於六樓、面向大街的轉角房。打開窗戶，可以一覽柏克萊加州大學校區那綠油油的山丘。冬日的晴空吹來乾爽的清風，令我身心舒泰。我放好行李，淋浴後換上衣服，準備外出。因爲在柏克萊，我有一個急不及待想去的地方。

在柏克萊有一間傳說中的二手書店「Serendipity Books」。十年前，我爲了找一本書，走遍三藩市的書店。我找的是理查．布羅提根（Richard Brautigan）的《在美國釣鱒魚》（*Trout Fishing in America*, 1967）的初版。我想把這本書送給我寫作上的恩人，這是他最喜愛的書。而要找布羅提根的書，非三藩市莫屬了。

雖說三藩市是書店勝地，布羅提根又在這裡住過，可是從早到晚，即使走遍了每個角落，雙腳累得沒了知覺，我還是未找到那本書。就在這時，「Green Apple Books」的店員 Robert 跟我說：「柏克萊的『Serendipity Books』可能會有。」「柏克萊的『Serendipity Books』在哪裡？你可以教我去嗎？」於是，Robert 撕下記事簿的一頁，給我畫了地圖。就在那個下著冷雨的下午，我拖著快不屬於我的腿，去到柏克萊。

根據 Robert 所畫的地圖，從 Downtown Berkeley 站出發，沿 Shattuck Avenue 向北行兩分鐘，到 University Street 轉左，再向前行五分鐘，面向北方會看到一個用酒桶作爲招牌的書店，那裡便是「Serendipity Books」。我單手拿著地圖，一步一步的走著。University

Street是一條橫跨寧靜住宅區的大街。那裡有雜貨老店、汽車旅館、墨西哥餐廳等，是條很有趣的街道。但是，走了很久也沒看到酒桶。就在我愈行愈沮喪時，一間牆壁攀滿了長春藤的單層古建築，突然出現我眼前。那個寫著「Serendipity Books」的酒桶招牌就掛在那裡。

「是這裡了……」相對於建築物的龐大，出入口是一扇小小的木門。我拉開那陳舊的木門，發出噹啷噹啷的響聲。店內非常寬敞，與其說是書店，更像是倉庫。從地面堆到天花，所有空隙都塞滿書本。「你好，有人在嗎？」我往店內喊道，但沒人回應。我走進店裡查看，一張女性的臉龐從書堆中緩緩探出來。

「你好，歡迎光臨。」她呵呵呵的笑著。這位女士年約五十歲，身材矮小，不知怎的穿著非常短身的迷你裙。

「你在找甚麼嗎？」

「喔，是的，我在找布羅提根的《在美國釣鱒魚》初版……」

「哦，你喜歡「披頭族」（Beatnik）[1]嗎？」

1／「Beatnik」一詞由美國作家Herb Caen於一九五八年提出，用以形容二戰後在美國出現的一群不願跟隨主流的年輕詩人及作家，他們我行我素，經常流連咖啡室，過著隨意率性的玩世生活。

「嗯，都喜歡，我看的書類很廣。」

「跟我來吧。」

這位名爲 Nancy 的女士，敏捷地遊走在書塔之間，沒有弄掉過一本書。

我趕緊尾隨著身手像美國原住民在叢林中穿梭的 Nancy。

「就是這裡了。」我順著 Nancy 指著的方向看過去，看到一個高三米、闊兩米的書櫃，裡面全部都是布羅提根的書。「你慢慢看吧……」說畢，Nancy 便咻一下的消失在書海裡了。這裡眞的有《在美國釣鱒魚》的初版嗎？我走近書櫃一看，立即看到十多本我找得千辛萬苦的初版整齊的排列著。「這店眞是個寶藏……」我又驚嘆又感動的呆在原地。

柏克萊的「Serendipity Books」（後篇）

柏克萊北有一間名爲「Serendipity Books」的二手書店，那裡有個停車位。所有想把車泊到那個位置的人，都會看到車位旁邊的牆壁上，用油漆噴著潦草的字句：「只准紅色保時捷停泊。」就如塗字所說，那個車位上正坐鎮著一輛紅色的保時捷。走近看，那是六〇年代的舊款，車內散落著報紙和咖啡杯，後座上雜亂地堆著很多書本。後來我才知道，那架就是「Serendipity Books」的店主 Peter 的車。

「我每天都會把車泊在那裡，可是總有客人擅自使用，我只好寫清楚，那是我的紅色保時捷專用的。」戴著「Harris Tweed」扁帽的 Peter 用手指扶了扶帽邊，理直氣壯地說。

我爲了尋找布羅提根的《在美國釣鱒魚》初版，走遍了三藩市，終於找到了這間「Serendipity Books」，已經是八年前的事了。千里迢迢，在幾乎迷路的情況下來到這裡。向店員 Nancy 查詢後，她領著我走到專爲布羅提根而設的大書櫃前，上面竟擺放著多本我找得辛辛苦苦的初版。

「Take your time……」Nancy 留下了這一句，便消失在書林之間。

我拿起一本《在美國釣鱒魚》的初版查看價錢……六十美元，是良心定價。再看看新版的，一本要九十美元。我夾著那本六十美元的《在美國釣鱒魚》初版，吁了一口氣，心想就算是再稀有的書，要找的話還是能夠找到的。

冷靜下來後，我便聞到一陣濃郁的咖啡香氣。店內的通道非常狹窄，只能勉勉強強讓一個成年人通過。加上周遭的書都堆得高高的，要躡手躡腳的避免碰跌書本。我在店裡稍作探險，沿著咖啡香找到了一張供客人用的桌子。上面放了咖啡、紅茶包、香蕉、自家製曲奇和糖果。旁邊有小紙條，寫著「請自便」。茶點都分別盛在不同的箱子裡，供客人自由享用。看到了這店的貼心之處，我會心微笑。「請問有人在嗎？」我喊道。靜默一會後，有一把男聲回答：「你在哪？」「我在桌子前面。」「我這就來。」

不久，一名身材高大、步履沉重、看上去像森林裡的樵夫的男人出現了。「我是 Peter。」說畢，便向我伸出他的大手。我就是那時候認識 Peter。「你需要甚麼嗎？」「請問傑克．凱魯亞克（Jack Kerouac）的書在哪裡？」Peter 若有所思的打量了我一下，然後用眼神示意我跟著他走。他的步伐比剛才帶我去找布羅提根的 Nancy 還要快。

「都在這裡了，慢慢看吧。」接著 Peter 又說：「你要買布羅提根《在美國釣鱒魚》的初版嗎？拿來給我看看。」我把腋下夾著的書交到 Peter 手中。「你是從日本來的嗎？」就這樣，我便開始用蹩腳的英語跟 Peter 聊起來。我跟他說我在日本也是開二手書店的，以前在三藩市住過，還有我很高興找到這間店。「你等一下。」Peter 說道，然後拿著我交給他的那本書走開了。不一會他便回來：「你買這一本吧。」他把另一本《在美國釣鱒魚》交給我。我不明所以，這跟之前的那一本有甚麼不同？Peter 伸出大手啪啦啪啦的翻開其中一頁，說：「這裡有布羅提根的畫。」並向我擠了擠眼。那一頁有用圓珠筆畫下布羅提根留著鬍子、戴著圓頂禮帽和眼鏡的肖像。「那是他本人畫的。」Peter 補充。我看了一下價錢……七百美元，我面露難色的看向 Peter。Peter 把書一手拿過來，抽出恤衫口袋裡的鉛筆，劃去七百美元的印字，再重新寫上六十美元。我呆住了，只聽到他說「好好享受凱魯亞克的書吧」之後，便消失蹤影了。

只要一呼喚，便會有人倏地出現，引領你到需要的書籍前，留下一句像是在說：「看，這裡開了很美的花朵呢。」然後咻地消失。我第一次遇到這種像童話故事裡般的書店。店主的名字是 Peter。自那天起，我便到處宣揚這是世界第一的書店（雖然我是後來才知道的）。我也逐漸加深了對 Peter 脾性的了解。那是一個沒有終點的漫長旅程，這種稀有的故事仍在進行中。

Yo-yo 綁架案

某次旅程，我寄住在普羅旺斯市阿爾區的朋友家裡，他於當地的報社任職。不知道他是如何得知我喜歡攝影的，在一個社交晚宴上，他把我介紹給攝影師戴維．道格拉斯．鄧肯（David Douglas Duncan）先生。

他是《Life》雜誌的專屬攝影師，發表過大量關於第二次世界大戰、韓戰及越戰的名作。他另一本輯錄了畢加索日常生活的攝影集《Goodbye Picasso》（1974）也十分著名。我的朋友說戴維先生目前與妻子希拉小姐在阿爾居住，是個親日派，一定會很高興能夠認識新的日本朋友。

我緊張的上前跟戴維先生打招呼。我們的年齡間距可以當兩爺孫吧，而他亦給了我一個猶如親人般溫暖的擁抱，還立刻記住了我的名字。

那天，戴維先生和希拉小姐抱著一頭名字叫 Yo-yo 的約瑟爹利，一同參與晚宴。Yo-yo 親暱地嬉咬著我指頭，那天真無邪的樣子非常可愛。牠跑到圍在一起享用晚宴的賓客跟前，逐一撒嬌，要他們撫摸一下牠的頭頂才肯罷休。

戴維先生和希拉小姐原本有一頭一起生活了很久、名爲 Thor 的德國牧羊犬。牠去世後，希拉小姐十分傷心，於是戴維先生便把 Yo-yo 送給她以治癒傷痛。戴維先生有一本紀念攝影集《Thor》（1993），便是愛犬 Thor 的照片結集。

就在認識戴維先生的一個星期後，我看到朋友臉色發青的回到家裡。我問他發生了甚麼事。他跌坐在沙發上，嘆了一口氣道出來龍去脈。

「眞是難以置信，有人拐帶了戴維先生的 Yo-yo……」他說。希拉小姐帶著 Yo-yo 一起駕車外出購物時，把牠留在車裡去辦點事。怎料轉眼間，Yo-yo 和車輛一同被盜去了。戴維先生和希拉小姐都痛心疾首。聽到這裡，我也感到非常遺憾，卻沒能幫上甚麼忙，只能與朋友一起祈求 Yo-yo 能平安回來。

幾日後，戴維先生在普羅旺斯的報紙上登了一大幅廣告：「誰能找回我的愛犬 Yo-yo，即送上一萬法郎酬謝。」汽車在被盜的翌日已經找到，就只是軚盤損毀了，但 Yo-yo 仍然下落不明。由於很多阿爾居民都很敬重戴維先生，因此街上到處都貼滿了那則尋犬廣告。因爲拍攝畢加索而聞名的戴維先生，也受到普羅旺斯吉卜賽人的愛戴，於是吉卜賽的女長老也同意參與搜索。

在旅途中的我，很快便到了離開的日子。在小狗失蹤事件發生的兩週後，我悄悄的告別了阿爾。之後，我繼續旅程，到過馬賽、尼斯、馬德里，可我沒有一天停止過爲 Yo-yo 祈禱。過了一個月，我從朋友的來電得知之後的發展。當地的電視和電台都播放了尋犬的呼籲、城內每個地方都張貼了海報，搜索從來沒有間斷過，可是依然找不到 Yo-yo 的蹤跡。不單戴維先生和希拉小姐感到痛心，全城也被哀愁的氣氛籠罩著。聽著朋友由話筒中傳來的聲線，都能感受到他的憂傷。

就在我即將啟程回日本之際，我收到一封信，是從阿爾的朋友寄來的，我急不及待的打開來看。原來在和我通過電話後，犯人主動聯絡了戴維先生。以不告知警察和高額贖金爲條件，把 Yo-yo 送回去了。於是，事隔兩個月後，Yo-yo 終於回家了。現在整個城市都在慶祝。我握著信，高興得雙手抬起大喊：「萬歲！」

我立卽給戴維先生和希拉小姐寫信，還在信紙的正中央，大大的給 Yo-yo 寫著：「歡迎回家！」

又過了一年，戴維先生給我寄來了一本攝影集，名爲《Yo-yo 的普羅旺斯綁架事件》（*Yo-yo Kidnapped in Provence*）。原來戴維先生把這次事件用照片記錄下來了，還像日記般親自寫下圖片說明和事件經過。

戴維先生拿著他愛用的「Leica」相機，把在我離開阿爾之後的事情都拍下來了。當我看到攝影集的最後一頁，是希拉小姐抱著 Yo-yo 的照片，我不能自控地流下淚來。因爲我彷彿看到了，剛迎來八十歲的戴維先生的眼淚，也映在那張照片裡。

這裡是那裡嗎？還是哪裡？

眼前是一望無際的河川。

我茫然凝望對岸，隱約看見一抹似是樹林的風景，感覺是多麼的遙遠。閃耀的陽光灑在湛藍的水面上。有著南方海洋的清澈，讓我覺得只要仔細察看，即有可能發現熱帶魚兒正在暢游其中。有時，又會看到像蛇一樣扭動著身體的魚。這時我沒有回頭，也沒有四處張望，但能感受到人們在身後漸漸地聚集起來。他們都是來過河的，要經過我面前的橋去對岸。這道橋有一扇古老的門，人們都需要彎腰才可穿走過去。

這橋上的門有一位守衛，我上前想詢問這條河的名字。怎知道，在我開口前，那守衛突然發怒，雙手把我推開。被這樣一推，我跌倒在地，而在我後面的男人又用腳踢我的背，罵著：「眞礙事！」我發覺周遭的人都在趕著過橋，拿著沉重的行李，不看一眼便從身邊經過，不斷往前走。我瞠目結舌，不明所以。突然，有人伸手拉起我：「快點起來吧。」那人的手又溫暖又柔軟，我抬頭一看，是一位梳著娃娃頭的漂亮女生。那女生看著我的雙眼，掀起嘴角微笑著。她用力握緊我的手，向前邁步。

走著走著，在橋上看到對岸有一條村落。那裡有幾座神社，像在舉行祭典般聚集了很多人。我隱約聽到傳來的笛聲和太鼓聲。原來大家都趕著去參加祭典，那我也要快點上前看看，我心裡這樣想。剛才的娃娃頭女生早已不見蹤影了。她是嫌棄我走得太慢，先行一步了嗎？在我們還牽著手的時候，那女生不時會像舔棒棒糖般，伸出舌頭舔我的手。我瞪她，她便說「無所謂吧」，然後繼續噁心的舔著。所以現在她消失了，我才鬆了一口氣。我的手被女生的唾液弄得濕答答的。

如果有地圖就好了，我雖然在旅途中，但並沒有拿行李。我的旅遊宗旨是不帶行李，因為會成為負擔。我又不是要追求豪華的旅遊，只想用自己的方式前往喜歡的地方。如果發現有東西是必須的，只要努力一下總有辦法弄到手，必要時找人幫忙就行了。我至今遊歷了很多地方，遇到不同的人，受過很多人的幫助，我也樂於助人。如果周遭沒有人，就依靠豐盛的大自然，還有動物。這個法則一直運作無誤。這就是我在旅途上最享受、最滿足的方式。

可是，我現在身在哪裡？完全摸不著頭腦。倘若知道自己的位置，便不至於這麼不安。一旦迷失了方向，便不知該往哪裡去，也不知道可以回到哪裡。雖說踏上旅途猶如冒險，但這麼一來旅程只能中斷。

我看看天、看看地、看看遠方，怎麼看都不知道自己身在何方。這一刻，我急得想哭。

我試著回想，自己這次的悠長旅程是怎樣過的。何時、向著哪裡前進、從哪裡出發、沿途經過了甚麼地方、步行了多久，最後是怎樣來到這裡的。我遇到了甚麼人、做了甚麼事、經歷過甚麼。在這趟旅程中，我爲了甚麼而歡笑、爲了甚麼而動怒、爲了甚麼而悲傷、爲了甚麼而喜樂。我在腦海中重新出發，多細微的事也盡量一件不漏，跟著記憶再重遊一遍。

回過神來，發現自己在橋中間愣住，剛才看到的人群都消失了。前後張望，現在只剩下我一人。

我喟然而嘆，束手無策。這時，不知從何飛來一隻藍色的小鳥，降落在橋的欄杆上。我觀賞著這可愛的小鳥，然後便看到牠的旁邊有一塊指示板。我走近看，原來那是一幅巨型地圖，上面畫著我完全不認識的地方。看到了地圖的正中央，寫著紅色的字句：「YOU ARE HERE」。我終於知道自己的所在。倏地，眼前像有電燈啟動，光亮得刺眼。隨即我感到全身乏力，慢慢的失去了意識。

甦醒過來，發現自己正躺在柏克萊的酒店的床上，而戀人就在身旁酣睡。那是一個朝陽耀眼的早晨。

II

從柏克萊到紐約

我想分享一下二十五歲的時候，在紐約販書的故事。

在十九至二十四歲之間，我喜歡到三藩市和洛杉磯等美國西岸，和在那裡認識的人一起生活。有些是長期旅行者、有些是志向成爲藝術家的青年，還有音樂人。由於我沒有申請長期簽證，每次都只逗留美國三個月，在簽證期限將至前便返回日本。然後在日本找些人工高的兼職，例如貨運和搬遷公司，儲半年錢作爲旅費，然後再去美國。

西岸的生活節奏比較輕鬆寫意，很適合我。初時，我每隔幾週便會到不同的朋友家裡寄住。試過在後園搭帳篷，也試過在露營車住上兩個月。

一九九一年，我在三藩市柏克萊，和美籍華裔的戀人一起生活。她名叫 Karen，當時我二十四歲，她二十一歲。我們寄住在她姨姨的家裡。Karen 是學繪畫的。

「喂，昨天我在奧克蘭的服裝店看到『LEVI'S』呢。就是之前跟你去過那間很大的舊貨店附近。那兒好像結業清貨，我們去看看吧。」某日，Karen 在我耳邊呢喃著。

「哪款『LEVI'S』？會不會有那傳說中的經典牛仔褲……」

「我不清楚，但看上去大多都封塵了……」

「LEVI'S」經典牛仔褲（Vintage Jeans）是指當時在日本很流行、五〇年代製、已經絕版、編號「501」的牛仔褲，一條可以賣到幾十萬円。在一九九一年當時，價值更是有增無減。只要找到一條，便日進斗金。我們一有空便會到那些無人問津的工作服或休閒服飾店去看看，問問店主貨倉裡有沒有賣剩的「LEVI'S」牛仔褲。把「501」送到日本原宿的二手店的話，他們大約會以二至五萬円跟我們購入。如果我們沒有足夠資金，只需撥通「對方付費電話」給那些二手店，他們便會立即轉帳給我。我也會盡量跟美國這邊的店主講價。畢竟買入價愈低，我們賺得愈多。而因爲是賣剩的倉底貨，能夠清貨店主也很是樂意。漸漸地，他們會把賣剩的牛仔褲都拿出來給我們，希望我們會買下。除了「LEVI'S」，只要是五〇年代製的牛仔褲，都有些價值（例如「Wrangler」、「Lee」）。

我們半信半疑地去到 Karen 說的那間有販賣「LEVI'S」的服裝店。奧克蘭是柏克萊毗鄰的城市，乘巴士二十分鐘便去到。

那是結業清貨的最後一天。進店後第一時間，Karen便拉著我到一個像士多房的地方。店裡一個客人也沒有，內裡放滿了一箱箱廉價的洋服、帽子和工衣。我們走進店裡深處時發現仍有更深處，像迷宮一樣，通道雜亂無章，這裡看來是過往生意好時便一直伸延擴建的房子。

Karen終於停下來了，在她跟前是一座鋪滿塵埃的牛仔褲山。看上去應該有四、五十條。

「你看，很舊吧？這裡全都是『501』……」

「哇，真厲害，我們來檢查一下……」

我從那座牛仔褲山抽出幾條來，隨即揚起大量灰塵。我檢查在牛仔褲後袋上縫著的紙牌標籤，確認這全都是五〇年代製的「LEVI'S 501」。長年的污漬吃進了靛青色的牛仔布裡，變黃了的縫線是飽經歲月洗禮的證據。

「好，那現在該怎麼辦……我們合共帶了多少現金？」我茫然問道。

生怕被人發現這裡，我形迹可疑的左顧右盼。

「我有五百多。」

「我有六百。如果用二十美元一條來計算，買五十條便是一千美元。我們來數數這裡有多少條。」

以備不時之需，今天我們把所有財產都帶來了。

我們分頭數算著，這裡一共有五十九條褲。我邊數邊查看尺碼，都是在二十九至三十六吋之間，是最暢銷的尺碼範圍。「真是太棒了……」我低喃著。

在我們忙不迭之際，頂著大肚腩、戴著棒球帽、單手拿「喜力」、估計是店主的白人，「嗝」了一聲笑著向我們走來。

操流利英語的 Karen，開始了一貫的說辭。

「嗨，這些殘舊的牛仔褲賣多少錢？如果便宜的話，我便全部要了吧。我想寄給鄉下，那裡是農村，牛仔褲夠耐用，他們應該會很高興。」

「哦，這麼破的你想要嗎？這應該是我父親，或者父親的父親年代的貨了。都是『賣剩蔗』，反正賣不出會丟掉……嗝。」店主咕嚕咕嚕的把最後一滴「喜力」喝完，單手壓扁了啤酒罐。

「就十美元一條吧，這裡五十九條我都要。」

Karen 從我的袋子裡拿出用橡筋紮著的現金，佯裝在數錢。

「給你整數，就六百吧。你能幫我運到『UPS 貨運中心』那裡嗎？我要把這些寄回國。」

「六百？你認真？我還打算扔掉它們……喂，Steve，你幫他們把這些牛仔褲送到『UPS』去。嗝。」

一直把啤酒當水喝的店主，吩咐著年青的店員，手裡拿著合共六百美元厚厚的一疊現金，笑逐顏開。

他還任我們取用店裡的紙皮箱。

「今天的天氣真好。你是從哪裡來的？」店主心情大好的跟我聊了起來。

「日本，東京……」

「哦，日本，我知道……YOKOHAMA（橫濱）、FUJISAN（富士山）、KONNICHIWA（你好）……嗝。」

即便已經付予店主六百美元，我一直都沒有展露笑容，在裝冷靜。我不可以讓他發現這些牛仔褲是寶物。要是當初講價說五美元一條，我想他都會樂意賣給我們。事到如今，也不好再壓價，把這批牛仔褲盡快寄到日本才是首要任務。

有了店員 Steve 的幫忙，我們即日便到了附近的「UPS 中心」，把牛仔褲寄往日本的二手店。Karen 付了約三百五十美元運費，我便在附近的電話亭撥了通「對方付費電話」，通知日本的收貨人。

「我剛寄出了五十九條五〇年代製的『LEVI'S』給你，貨收到了記得立刻轉帳給我喔，我爲了買這批貨已經用盡積蓄了……」

之後，我將十美元小費給 Steve。完成了一宗大買賣後，我們同樣乘著巴士回到柏克萊。甫坐進巴士，我們卽忍不住噗哧的爆笑出來，不斷地歡呼太好了。Karen 一直捉緊我的手，我們就像玩了一場刺激的遊戲般興奮不已。

回到柏克萊，我們用了二十六美元入住就近的汽車旅館，來慶祝今天的收穫。難得奢侈的買了一塊十八美元的薄餅，用可口可樂來乾杯。那一夜，我和她不斷地索求著對方的體溫。

九日後，收到日本二手店的匯款。看到進帳的金額，我嚇了一跳！五十九條「LEVI'S」的報酬是九千美元。一直以來，買貨價格都是由二手店來決定的，也不知道是日本賣價的百分之幾。

因爲對我來說，怎樣算我都是穩賺的。

扣除了六百美元成本和三百五十美元運費，餘下的我便和 Karen 平分。每人分到約四千美元，相等於約五十二萬円。由於自動提款機有每日提款限額，我用了三天才把現金全部提出。我立刻打電話給日本二手店的店主。

「這次你找到很厲害的貨啊，每條給你算四萬円，因爲在日本大約會賣十五萬。都是容易賣的尺碼。我是第一次看到這麼大量五五年製的絕版牛仔褲。眞的謝謝你！」店主興奮的說。

原來那是被譽爲最罕有的五五年製，我都沒有發現。

「九千美元餘額會在一星期後給你，你等一下。」

「咦？餘額？嗯，好，我等你……」

一條四萬円，一美元兌一百三十円計算，等於三百零七美元。五十九條即是一萬八千多。

「嘩！今次發達啦！」

我和 Karen 大聲歡呼著，這是我們開始賣「LEVI'S」以來，賺得最多的一次。每人分到約九千美元，多於一百萬円。

數日後，收到餘款，我和 Karen 感到高興的同時，也爲了這筆錢煩惱起來。如果沒有錢，我們便風花雪月的談談夢想。而一旦九千美元到手了，便每天都在苦惱應該怎樣好好運用。我希望能用到有意義的事情上。我們一直思索，可是得不到結論，日復一日，心情變得愈來愈沉重。

「這可能是上天給我們的機會。」Karen 說。

「我們離開這裡吧。要不，我們去紐約？在紐約試著開始做點甚麼吧。」

「做點甚麼……那究竟是甚麼？不過，的確不能一直停留在三藩市，這樣甚麼都不會改變。去紐約嗎……」我看著柏克萊那澄澈的藍天道。那時，我們二人都不知道，紐約是一個怎麼樣的城市。

一星期後，我們沒有任何計劃下去到紐約。心裡想著要利用賺來的錢去做點甚麼，但又沒有答案要做甚麼。坐立不安的我只知道要先踏出第一步，那一步便把我們帶到紐約。

到了紐約，比起那裡的人，路上的士的數量更令我驚訝，塞滿了紐約的馬路。在三藩市和洛杉磯也有的士，但就是沒有紐約的那麼多。

Karen 問：「每天都有這麼多的士嗎？還是今天是特別日子？」

的士司機在凹凸不平的路面上飛馳。

「紐約就是這樣，的士、的士、的士，到處都是的士，這就是紐約。」頭上盤著頭巾的印度籍司機張開雙手說著，司機旁邊坐了一頭黑色杜賓犬。

「紐約眞是個厲害的地方……」

Karen 入迷地看著車窗外擦身而過的一棟棟摩天大樓說。

的士停在位於 West 51st St 八號和九號之間的「Washington Jefferson Hotel」門前。這酒店是朋友推薦的，價錢實惠，適合長期居住。我付了由機場到這裡的的士車費四十五美元，然後到車尾箱取回行李。我帶了兩個行李袋，Karen 帶了一個附輪行李箱和一個背囊。

那是一個寒冷、從早上便下著綿綿春雨的日子。

雖說是酒店，這裡的外觀和偏遠地方的汽車旅館無異，既沒有接待員，也沒有禮賓部。我上前問站在前台、看上去很友善的墨西哥籍男人，如果長住的話，哪種房間比較合適。

「單人房一晚二十至八十美元，雙人房四十至六十美元，價格分別在於房間有沒有獨立浴室。」

「那麼我們要六十美元一晚的房間吧，在那裡住一個月要多少錢？Amigo（西班牙語，「朋友」的意思）。」

Karen 笑著，親切的問道。

「住一個月的話訂金是一千二百美元啊，Señorita（西班牙語，「小姐」的意思）。」

墨西哥男人露出他滿口煙屎牙回答。

我們拿了房匙去看看房間，升降機是舊式的，鐵欄杆門需要手動開合。升降機錚錚一聲停在我們房間所在的四樓。

可能是廉價酒店的緣故，走廊的地氈布滿污漬。我們看到某個房門半敞著，裡面有一個中年男子只穿著一條內褲，跟著電視機在跳健身舞。

「這位也是這裡的住客呢。」Karen 小聲地說。

我們的房間是 401 號，是陽光充沛的轉角房。房間面積大概有十帖[1]，有兩張彈簧床、木製

1／即約一百六十平方尺

衣櫃、電視機、黑色電話和一張單座位沙發。牆壁上單調地掛著一幅油畫，是中央公園似的風景。扭開浴室的花灑頭，熱水隨即湧出，水壓充足。對於長期過著帳幕和露營車生活的我來說，這個房間已經很不錯了。

「喂，你看，這裡不需要時鐘，也不需要溫度計。」

打開窗戶探頭向外看，就會看到帝國大廈。附近的摩天大樓頂處，有一塊電子廣告板，顯示著現在的時間和氣溫。從道路直望出去正前方有座教堂，上面掛著一個很大的十字架燈飾。

「不知道入夜之後，那個十字架會不會亮起來。」

我看著一排排灰色的建築物景觀說，遠方傳來了警車的鳴笛聲。

「決定了！我們就住這裡吧。」Karen 攤開雙手，倒在床褥上說。

「好。」我說。

原本的綿綿細雨漸漸變成滂沱大雨。從房間窗戶看到的大樓屋頂，吐著一團團白色的蒸氣。

對住慣了柏克萊的山、天空與風的我們來說，紐約的城市生活充滿著刺激。每天早上八時醒來，我們立即猜拳，輸的一方便要到附近的咖啡店買一美元咖啡。淋浴後，我便到酒店大堂拿一份《紐約時報》來看。早報只有兩份，住客們得要輪流讀報。我最愛每朝在大堂安逸地消磨時間。能夠與退役軍人、餐廳老闆、大學教授、皮條客和領取綜援的老夫婦聊聊天，每天都過得十分有趣。

剛到紐約的第一個月，我們每天都會到不同的美術館和博物館參觀。其中「大都會藝術博物館」(Metropolitan Museum of Art) 是我最喜歡的，已經數不出去過多少次了。Karen 尤其對德加 (Edgar Degas) 的芭蕾舞者畫作感到著迷。

由於我的免簽證期限快到，必須暫時回日本一趟。資金還剩下很多，我計劃在日本大約逗留兩個星期，然後立刻返回紐約。我和 Karen 在房間裡道別。起程回日本的那天早上，紐約的天空萬里無雲。

回國後，我便去到相熟的二手店露臉。他們說「Levi's」的需求有增無減，到處都斷貨了，希望我再幫他們入貨。我回答說那次只是運氣。

我告訴他我已經離開了柏克萊，現住在紐約，如果他有甚麼需要尋找的話，可以告訴我。然後二手店的店主說：「那請你幫我找一本書吧。」「書？甚麼書？」我問。他說他想找一本舊郵購目錄。那是一本像電話簿那樣厚的書，裡面記載著傢俬、雜貨、衣服、玩具、生活用品等商品資訊，一書在手就能買到所有東西。店主說只要找到《Sears Roebuck》或者《Montgomery Ward》的五〇年代版本，他可以用每本一萬円的價格跟我買。

「如果我找到一百本你也要嗎？」「要，一百本都要。那目錄記載了當時的流行貨品，有很多時裝業界人士都想要那個資料作參考。還有對喜歡古董的人來說，那就像是《聖經》。」

聽畢，我感到十分雀躍，因爲我覺得在紐約甚麼都能找到。而且他說的是書，紐約可是到處都是二手書店啊。

波德維奇的《PORTFOLIO》

我回東京逗留了一個月。

而爲了往後在紐約的生計，我到處拜會認識的人，不厭其煩地問他們在紐約有沒有事情需要我幫忙，有沒有東西需要尋找。

六月初，我到訪位於原宿的二手服裝店。當我正與朋友聊得興高采烈之際，有人突然抓著我的肩膀。

「不好意思，打擾你了。請問是松浦先生嗎？我想借一步說話……」

我回頭一看，一位年約三十多歲、下巴呈鞋拔子（「鞋抽」）模樣的男人，向我點頭咧笑。

男人蓄著鬍子，身穿夏威夷恤衫和牛仔褲，右手戴著一個大大的、鑲嵌了縞瑪瑙的裝飾戒指。一看便知道他身上的都是二手貨，我猜想他可能是喜愛儲藏古物的同行，有事需要拜託我。

「哦，沒關係，我不介意。」

我跟朋友說我稍稍失陪，然後就跟著那個「鞋抽男」走到店外。

「很抱歉打擾到你們說話，我不會妨礙你太久的……」

「鞋抽男」邊走邊說，點燃了「萬寶路」，吁一聲吐出一個煙圈。

在原宿這個地方，建築物之間有很多僅夠一個成年人通過的小路，熟知這區的人都能毫不猶豫的在裡面行走。那個「鞋抽男」也是這樣，熟悉地在小路中穿梭，把我帶到神宮前三丁目的一棟多租戶大廈裡的一個房間。

「請進請進……」

打開門進去，發現這裡是一間二手服裝店的辦公室。裡面堆滿了裝著二手衣服的紙皮箱，一陣舊衣衫獨有的氣味撲鼻而來。

「打擾了……」

我走進去，發現房間裡有另一個男人。

「哦，你就是松浦先生嗎？嘩，意外地很年輕呢……」

在房間裡等著我的這個男人身形微胖，戴著一副讓他看來和善的黑框眼鏡，長髮束在身後，手指戴著一枚綠松石戒指。

「才不年輕呢，我都二十四歲了。」

「二十四歲還是很年輕啊。其實，我想跟你說的，是關於你在奧克蘭找到的那些牛仔褲。那個事情相當棘手。」我一坐進沙發，這個「小肥男」便逕自說著。那男人好像沒有打算告訴我他的名字。我和 Karen 在奧克蘭找到大批經典牛仔褲的事，看來在原宿的二手服裝界已經成爲無人不知的大新聞了。

「啊？棘手？」

「其實我們在經營一間名字叫『XXX』的店，我們的買手現在很生氣……」

他們說的那間二手店，是原宿一間老字號。貨品齊全，質素亦比其他店好。就在不久前，我也在那裡買了一件衛衣。

「我們從很久以前，就已經派遣買手到三藩市去買貨。我們的買手認爲自己的地盤被松浦先生你搗亂了，現在很生氣。他說倘若在日本見到你，一定把你活埋……」

「小肥男」皮笑肉不笑地說道。

在美國各地例如三藩市和洛杉磯等，都是日本二手店買手們爭得面紅耳赤的地盤。但是，我一直認爲那是他們業界的事，跟我這種個體戶無關。

「那麼，你們想怎麼樣？」

「鞋抽男」和這個「小肥男」是不是在威脅我呢？在看穿他們的意圖後，我試著保持冷靜。

「呃，怎麼辦呢？那個買手現在已經回到日本，正在到處尋找松浦先生你，恐怕很快就會找到。你現在很危險，應該立刻逃走。不過，我也可以考慮幫你美言幾句，平息這件事。怎麼說，我也是他的前輩。但是，需要給他送一份厚禮才行。你意下如何？」

「小肥男」再解釋說，他們的意思就是希望我把那次生意中賺到的一部分交給他們。「現在只要我打一通電話，那個買家就會過來。到時，事情便會一發不可收拾。他眞的很生氣。」「鞋抽男」和「小肥男」冷笑著等我回答。

「既然如此，請你們現在就打電話給他吧，我會直接跟他解釋。」

我實在想不到其他答案了，就直接如此說。

「這樣做真的好嗎？我真的會打給他啊？到時，後果自負呀，松浦先生。」

「小肥男」呵呵呵的笑著，好像是在掩飾焦躁。

「是的，請你打電話吧，我就在這裡等他。」我心想，這件事變得棘手了。不過，我從來沒想過就這樣逃跑。至於金錢，我也不是視錢如命的人，只是不喜歡這兩個人的說話方式。如果現在逃走，便要一直逃走。從很久以前起，我就不喜歡這樣。我想如果今天要在這裡被痛打一頓，也認命了。想到這裡頓時覺得豁然開朗。但是對於我這麼平靜的態度，「鞋抽男」和「小肥男」都生氣了。

「你是在跟我們開玩笑嗎？這可惡的小子！」

「鞋抽男」突然發出粗獷的聲音，然後雙手抓住我的胸膛把我從座位上扯起來。爭執間，我跌坐在地上。

「哼！你不要小看我們！」

「鞋抽男」的聲音變得有如發情期中的貓叫聲。他再一次抓住我的胸膛，把我從地上拉起，撞向牆壁。我聽到恤衫鈕扣被扯破啪喇啪喇彈開的聲音，我沒有反抗。「鞋抽男」喘著氣，又把我摔到地上。我開始懷疑剛才他們所說，有一個買家在日本找我晦氣這件事，可能是假的。

言辭上聽起來很兇狠的二人，使起暴力來，卻意外地不怎麼樣。他們沒有毆打我的臉，亦沒有用腳踢我的身體，只是用那粗獷的聲線大聲威嚇著我，和把我的身體扯來扯去而已。中學三年級的時候，在講道館檢定的初段考核試前夕，我去了新宿十二社的「黑須道場」，接受了黑須師傅兩小時的訓練。相較之下，這兩人的力度根本不值一提。可能他們也害怕被控告傷人罪吧，只是在威嚇我而已。想到這裡，我便更加冷靜。

「你走吧！」那個「小肥男」雙手用力的推了我的背部。

「你給我滾！這個門外漢，不要再讓我見到你搞砸我們的生意。今次就放過你一馬，下不為例！」也不知道是哪個男人留下這一番狠話，我便被推出門外了。

我赤著腳就這樣倒在走廊上。啊，鞋掉了真麻煩。正這樣想著，我的鞋便從那門縫間，兩三下的被踢了出來。啊，太好了。我喃喃自語，然後在走廊彎腰穿上鞋子。抬頭望向天空，夏日熾熱的太陽正照耀著。我並沒有感到莫名其妙，沒有不服氣，也沒有動怒。

雖然我不認為今次發生的事件代表整個二手店的世界，但這次的經歷令我下定決心，要遠離這個業界。倘若下一次，在我眼前再出現堆積如山的經典牛仔褲，我只會買自己穿的份，餘下的我都不會碰了。連剛才店主拜託我尋找的，無論找到多少本他都要的五〇年代郵購目錄，我也已經沒有興致了。這次的事，讓我決心與二手店斷絕來往。

三日後，我從成田機場起程到紐約，在飛機上我一直在聽 Simon & Garfunkel 的《I Am a Rock》。我的戀人 Karen 拜託我從日本回來時要幫她買隨身聽（Walkman），於是我在成田機場的影音店幫她買下了，同時也買了《Best of Simon & Garfunkel》的卡式盒帶。以飛機的引擎聲作爲背景音樂，聽著 Simon & Garfunkel 的歌，那歌聲是多麼的悅耳，彷彿是在頌讚著我的重新出發。而這時我突然感到十分委屈，情緒一下子釋放，不禁地流下淚來。「可惡……」我自言自語，用手抹去眼淚。

回到紐約，我便又立刻外出四處跑。因爲在東京時，我認識的一位平面設計師拜託我去找一本書。那本書是一九五〇年代開始發行的平面設計雜誌，名爲《PORTFOLIO》。

「如果集齊三本的話，我會用四十萬円來買。不過，就算只有一本我都會買的，請幫忙尋找一下……」

《PORTFOLIO》是時裝雜誌《Harper's BAZAAR》的美術總監波德維奇（Alexey Brodovitch）所編集和設計的，傳說中的平面設計雜誌。由於內容嶄新、製作超級精美，發行至第三期便已經嚴重超支，十分可惜地步上停刊的命運。因此，是有名的稀有雜誌。

「明白了，我一定會找到的，請耐心等等……」

我爽快的一口答應了。不，這是我不得不答應的工作。

在搜索開始的一個下午，老字號書店「Strand Bookstore」的店員告訴我，在前面一個街口附近，有一間專門售賣舊雜誌的店子。

那間舊雜誌專門店位於 East 12th Street 的一棟大廈的地庫。我走進去，那裡與其說是店子，更像是一間辦公室。

「你在找甚麼嗎？」一位童顏白髮的男士問道。

「請問有 Brodovitch 的《PORTFOLIO》嗎？」

聽畢，那男士皺了皺眉，然後一聲不哼地走到店子裡面。他很快便回來了，手中拿著三本

《PORTFOLIO》翻弄著。

「三本共一千二百美元。」

我目瞪口呆，紐約眞是一個深不可測的城市。

我在位於East 12th Street的二手雜誌專門店找到了傳說中的平面設計雜誌《PORTFOLIO》，一共三本。這麼輕鬆的便找到了當然十分高興，但我手上的現金不足夠。

我跟店主說請他稍等一會，把書留起，讓我到附近的自動櫃員機提取現金。

「好吧，我就等你二十分鐘。就算你只遲到了一分鐘，如果有其他客人要買的話，我便立即賣掉。在找這本書的人很多。」

店主理所當然的說，強勢地給我設下了時限。只等我二十分鐘究竟是甚麼意思？不過現在說這些都沒用，我急步跑向附近的自動櫃員機。

仔細想想，其實店主所說的也不無道理。與二手書的緣分是可遇不可求的，如果當初猶豫不決，後來想回頭的時候，便買不到了，這是常有的事，更何況是這種很多人在找的稀有書籍。在這個世界，誰先付錢誰勝利。要留起一本幾日、甚至幾週是沒可能的，最多只會以分鐘來計算。

我喘著氣跑回雜誌店，付了一千二百美元之後，店主握拳在我的左胸輕輕的捶了一下，說：

「你眞幸運，這雜誌三本齊備的地方不多。」

店主並沒有確認現金數目，把紙幣捲起來便塞進卡其褲的口袋裡，然後向我伸出右手：「我的名字是M。」他親切地問：「你有沒有在哪裡看到過我？」「電視啊、電影啊之類的，你沒有看嗎？」

「有，我有看……」

「三十年前，我在美國可是有名的童星。」

店主勾勾手指，示意我跟他往店裡走。堆在倉庫的舊雜誌之間有一條通道，通道的盡頭有一間辦公室。他從辦公桌的抽屜裡拿出一幀照片。

「看，這是我當童星時的照片，很可愛吧。」

照片中的男孩約十歲，笑容燦爛，他被像是會在《綠野仙蹤》裡出現的機械人和小動物包圍著。

我看一看店主的樣貌，再看看照片。的而且確，照片裡的少年就是店主。

「我正在爲兒子尋找日語老師，你要不要來試試？時薪二十美元啊。」店主突然對我說。

「哦？我不懂教日語。」我回答說。店主露出失望的表情，拍了拍我的肩膀。「是嗎？很可惜。」然後嗚嗚的在裝哭。

「以後需要找書的話就來吧，這裡是世界第一的二手書店，全世界的名人都會來。從今天起，你就是我的朋友。」

這家二手雜誌專門店的店主M，自信滿滿地說著，就像穿著新衣的國王那般。他的態度友善，性格也很可愛，讓人討厭不了。

「多謝你，我會再來的。」說畢，我便離開了。

我帶著三本《PORTFOLIO》走上樓梯回到街上。初夏的清風徐徐吹過，天空中浮著純白色的積雨雲。我的內心被完成一件大事的滿足感填滿，也爲能夠認識到有趣的紐約二手書店老闆而高興。

「如果告訴朋友，我已經找到他要的書了，他會有多興奮呢。」我對自己的好運氣感到十分自豪。

我心想，一回到位於 West 51st St 的「Washington Jefferson Hotel」，便要立即寫信告

知朋友。走著走著，突然有人從身後向我搭話：「不好意思，請問……」我回頭看，三個看來像遊民的男人對我笑著。我連忙說：「No, Thank You.」然後急步向前走。怎料那三人追上來：「不好意思，我們不是奇怪的人，我們是賣書的。可以告訴我你在找甚麼書嗎？」

「告訴你我在找甚麼書？」我停下來，問站在路中心的三人：「那是甚麼意思？」

「我們是販書的，不過我們沒有實體店，是沒有經營店舖的書商……」

「沒有開店，那你們怎麼賣書？」

「我們會問書籍收藏家、書店和二手書店的買手，有沒有想要的書，然後運用我們的專門渠道，找出來賣給他們。」

他們就像是日本的轉售商，不同的是他們會在書店外埋伏，然後上前詢問顧客在找甚麼。

「不單是書店，我們也有向個人銷售。」

「原來如此，我明白了。其實我也是書商，跟你們一樣沒有開實體店，都是接受一些收藏家的委託，每日去到不同的書店找尋書籍。」

「原來是同行，那就沒問題了。如果你有甚麼書需要幫忙尋找，請務必告訴我們，我們可以幫忙。反之，倘若我們有需要也會跟你說，如果你在哪裡見到的話請通知我們。我們組織了一個名爲『New York Book Hunters Club』的社團，一定會對你的工作有幫助的。」

戴著「New York Mets」帽子的男人親切地說，站在他旁邊的微胖男人點頭附和。

他們作了簡單的自我介紹。身材矮小、戴眼鏡的男人叫 John，頂著「Mets」帽子的男人是 Bill，微胖的男人是 Ken。兩年前，他們集合了約四十位在紐約沒有實體店的書商，以共存和互相交流爲目的，成立了「New York Book Hunters Club」。我渾然不知在紐約有這麼一個社團，覺得很有趣，便繼續跟他們聊下去。

「既然如此，要不要到附近喝杯咖啡慢慢聊？我也希望向你們請教請教。」我說。

「這附近的話不如去我家，那裡比較安全和保密，你是我們的同伴不要拘謹。」Ken 說。

我尾隨他們向著 Broadway 南面前進。

「你的名字是日本名[1]呢。」我說。Ken 向我表示，他的祖父在戰後曾經在日本逗留，很喜歡那裡，所以爲孫兒取名時，用了日本名字。

1／日語中 Ken 名為「健」

大約過了四個街口，Ken 的家就在 East 10th Street 一座五層高的公寓大廈內，公寓的一樓有一間外觀非常殘舊的愛爾蘭酒吧。我們一行人乘搭升降機去到位於四樓的單位，雖說是一個人住，房間卻十分寬敞。裝修和傢俱都是統一的夏克式格調，書架上放著很多看上去價值連城的古董書。

在沙發坐下，他們問我想喝啤酒還是可樂，我選了可樂。當大家手中都拿著飲品，我們便圍坐一起聊天。

「那麼，你是在找甚麼書？」Bill 立即問道。

「其實我也是剛剛開始，所以客人還是很少。如果你問我在找甚麼書，我也不知道該怎麼回答。剛好有人委託我尋找《PORTFOLIO》的全集，而我碰巧在那間店發現了。」我誠實地報上自己現時的狀況。

「原來如此。那三本《PORTFOLIO》你用多少錢買下？又打算賣多少？」Ken 問。

「我用一千二百美元買的，打算以四十萬円的價格賣出，這是兩倍以上的價錢。」

「那眞的是很便宜呢，能夠用這麼好的價格買到三本《PORTFOLIO》，你眞是很幸運。

不過，那個市儈的M竟然用這個價錢賣給你，在紐約的二手書店，如果齊集三本的話，至少值二千五百美元的。我可不可以看看？」

John把我剛買到的《PORTFOLIO》從包裝袋裡拿出來。

「三本的狀態都不錯呢。」John繼續啪啦啪啦的翻開內頁，用尖銳的目光掃視著。

突然，他臉上露出不妙的神情。

「我明白爲甚麼這麼便宜了……」

Ken和Bill幾乎同時從沙發彈起。

「發生甚麼事了？」

「你們看。首先，第三本雜誌附送的附錄3D眼鏡沒有了。」

John翻開第三本中，3D平面設計專題的那一頁，整個頁面由藍色和紅色二元色所構成，是一幅暴龍骨骼模型照片。

「我跟你說，因爲這個專題，這一本的附錄有一副3D眼鏡。戴了那副眼鏡來看這照片，就會看到恐龍像跳出頁面一樣。這一本是世界上第一次使用了3D平面設計的雜誌，所以如果沒有了3D眼鏡，對收藏家來說是致命傷。」

John 惋惜地搖頭繼續說。

「再加上，這三本都有幾頁被切去了……」

他把雜誌直立放著，從書脊的頂部能夠看到，就如 John 所說，有多處的頁面被切去了。

「創刊號 Charles Eames 的部分，第二本 Saul Steinberg 的部分，還有第三本 Henri Cartier-Bresson 的部分都被切去了……」

「喂，我們去找M理論吧。賣給客人之前一定要說明清楚雜誌的狀態啊！」

Ken 一手拿著啤酒生氣的說道。

「說的也是，這可是一千二百美元的買賣，以雜誌這個狀況是應該好好說明的，現在這個價值只是原本的五分之一。」Bill 氣得發抖。

「你打算怎麼辦？雖然不知道M會不會賠償，不過投訴一句半句也是合情合理。」最後 John 冷靜地說。

比起生M的氣，我更埋怨自己的無知。這可是價值一千二百美元的大買賣，我竟然不檢查一下書籍就交易，覺得自己很沒用。那個3D眼鏡也是，那些不見了的切頁也是。我只是沉醉在自己不費氣力便達到任務的幸運幻像之中，不假思索就付錢了。

「大家都是同行，更加不能接受！」

John說畢，另外兩個人也站了起來。

「那店應該還未關門，我們和你一起去吧！」

三人都義憤填胸，有如自己的事情一樣，都在鼓勵著我。

於是，我便和「New York Book Hunters Club」的三人，一同向著M的店進發。但這次，我每走一步都感覺沉重。

遇見 Fred 先生

「我認爲 M 未必會乖乖的招認……」Ken 說。

我也有同感，只希望可以拿回那一千二百美元。

我正在和「New York Book Hunters Club」的 John、Bill 和 Ken 一行四人，由 East Village 走到 Broadway 24th Street，目的地是位於轉角的 M 的店舖。

「眞是不好意思，事情變得這麼麻煩，還要你們幫我……」

「不用客氣，這次也能成爲你寶貴的經驗。我們和你一起去，不用擔心。」

戴著「New York Mets」棒球帽的 Bill 扶了一下帽子，拍了拍我的肩膀說道。

走下狹窄的樓梯，Ken 幫我們拉開店門。我小聲的說：「Hello，M在嗎……」然後，沿著鋪了地氈的走廊，緩緩走進去。

「哦？怎麼又來了，我的日本朋友。很高興再見到你，又要找些甚麼嗎？咦？爲甚麼垃圾三人組『跑腿』（runner）也在這裡？你們是認識的嗎？來我的店有甚麼貴幹？」

（我之後才知道，常常到處跑找尋書籍的轉售商，俗語被稱為「跑腿」。）

M一邊把腿擱在書桌上，一邊吃著「Lady Borden」雪糕，瞪著我們。

「不好意思，剛才在這裡買的《PORTFOLIO》，因為內頁不齊全，我想退款。」

M聽到我這麼說，立即變臉色，從椅子上跳起來，把手插在褲袋，走近我。

「這小子，你知道你在說甚麼嗎？剛才是你自己說沒問題的，飄飄然就買下了，你忘了嗎？你以為二手書店是這麼輕易接受退貨的嗎！」

M用手拍著我的胸口道。

「M，那可是一千二百美元的買賣，我們也算是同行，你應該要說明清楚書籍的狀況，這是基本操守。」John幫忙說著。

「胡說八道！我可是專業的。我是清清楚楚把書籍的狀況給說明了，然後這個人說沒問題我才賣的。喂，不要跟我說你失憶了！」M憤怒地厲眼看我。

「M有跟你說明過嗎?」Bill冷靜地跟我確認。

「可能是有說明過，我的英語不是太好……」

「New York Book Hunters Club」的三人重重地嘆了一口氣。

「聽好了，如果你不需要那三本書，我現在就跟你買回來，三本合共二百五十美元。不滿意的話就滾出去!喂，Steve，幫我把這些人趕出去!」

M向著店裡大聲喊，然後一位步履像巨人般沉實、滿身肌肉的男士走過來。這位叫Steve的男人，上身穿了一件背心，留著軍裝短髮，全身曬得古銅色，像模特兒般健美。

「那是M的隨身保鑣。」Ken悄悄地告訴我。

為甚麼一間紐約二手書店的店主需要保鑣?我怎麼想也想不通。

「OK，來吧，各位，請回去，不要給我們添麻煩。」Steve推著我的背把我們趕到門外。

我無論如何都不認為M有跟我說明三本雜誌的狀況。倘若他眞的說過，那也可能是他說得像急口令般，令我這個外國人完全聽不懂吧。

「喂，M，客人難得從日本遠道而來，應該對人親切一點吧。要對曾經招呼過的客人負責任，在這個情況下，你是應該退款的。」

一位老人從店裡向我們走來。他是這裡的客人，正在店裡面找東西，聽到這場騷動便過來看看。

「哎呀，Fred，請你不要插嘴了。」

M露出了難爲的神情，轉頭望向那位老人，搭一搭他肩膊：「這裡已經沒事了，你到裡邊去吧，求求你。」M小聲說著。

「你聽不懂我在說甚麼嗎？M，這個責任不應該由顧客承擔，你應該負責。」

老人以強硬的口吻跟M說。

「好吧好吧，明白了，既然你這麼說，沒辦法吧。」

M從褲袋裡抽出手，突然把一束現金用力的扔到我臉上。

「把書放到那邊去，以後不要再來我的店。眞是沒水準、英語又爛的傢伙！」

扔在我臉上的紙幣散開滑落到地上。

M 踩了踩那些紙幣，然後氣沖沖的走回店內。

在電影裡常常看到的這種場面，想不到自己也會有被人往臉上擲鈔票的一天！

「好，我們回去吧。」Ken 說。

我從地上撿回一張張面額二十美元的鈔票，數一數總數只有九百美元，不過現在我也實在再開不出口說明了。

「Fred 先生，多謝你的幫忙。」

「不足掛齒，其實 M 也不是十惡不赦的人，請你不要討厭他。日本來的朋友，你也是書商嗎？要不要來我店看看？可能會找到你需要的書，請務必前來。」

了解部分事情經過的老人這麼說。

「他的名字是 Fred Bass，是這附近『Strand Bookstore』的老闆。」Bill 在我耳邊說。

「知道了，我會去的。這次眞的感謝你。」

然後老人看著我點頭微笑。

我們離開 M 的店，互相對望了一下，然後苦笑著聳聳肩。

「結果也挺不賴啊，可以拿回錢。這次如果沒有 Fred 的幫助，一定不能退款，你眞幸運。」John 一邊點煙一邊說。

「眞的感謝你們，幫了我一個大忙。」我向三人作了一個日本式深深的鞠躬。

「那就這樣吧，如果再次在街上遇見，就一起去喝杯咖啡吧。我們常常在這附近遊蕩，一定會再遇上的。」

就這樣「New York Book Hunters Club」的三人就消失在夜幕徐徐降下的紐約街道上。

我回頭看看 M 的店，Steve 正在店前抽煙，他發現到我，然後向著我微笑、揮揮手，像是在說，其實你也沒有錯。

「Strand Bookstore」是紐約著名的老字號書店，店舖佔地由地庫至四樓。那裡的廣告標語是「藏書全部排列出來的長度可達八英里」。（聽說現在已經由八更新至十八英里了。）

乘搭升降機來到四樓，這裡主要存放稀有書籍。與其他吵吵嚷嚷的樓層相比，這一層顯得特別幽靜。比起書店，這裡更像是圖書館。牆邊的一面書架上，整齊排列著皮裝的舊版莎士比亞名著。在絕版的攝影集區，羅列著 Walker Evans、Edward Steichen 以及 Alfred Stieglitz 等，一九三〇年代攝影師的作品集。令我驚訝的是，雖然全部都是頗有年代的書籍，但狀態都像新書一樣。就連 Brassaï 那一九三三年初版的《巴黎之夜》(*Paris de Nuit*) 也在架上。我小心翼翼地拿起這本價值三千五百美元的攝影集端詳著。突然有人溫柔地拍了拍我的肩膀。

「你好，歡迎光臨，剛才真是很險呢。」一看，那裡站著在 M 的店爲我出頭的老人。

「剛才眞的非常感謝你。」

「哦，沒事，小事一樁。紐約的二手書店店主很多都是怪人，這麼說來，我也是相當奇怪的人呢。」

Fred 先生慈祥地說。

「要喝點甚麼嗎？咖啡還是紅茶？也有綠茶喔。」他問我。「那麼我要綠茶吧。」我回答。

然後 Fred 先生吩咐他旁邊的職員準備兩杯綠茶。

「如果你還在找《PORTFOLIO》的話，我可以賣給你。這裡三本齊集，但價格要比 M 那裡更昂貴。你可以先檢查一下再考慮，狀態很好的喔。」

「謝謝你，請問價格是多少？」

「三本一套的話要三千美元，如果是同行會有百分之十折扣，那就是二千七百美元。這個價格很合理的。」（美國的二手書店會給同業提供折扣優惠。）

於是，我一頁一頁的翻著接近全新狀態的三本《PORTFOLIO》，眞是太厲害了。Brodovitch 巧妙地運用了嶄新的留白平面設計，精美的照片和圖版印刷，都讓我看得入迷。Fred 先生告訴我，那是當年印刷界中最頂尖的專業人士的最高傑作。

「我有一份禮物送給剛剛成爲書商的你。」說著，Fred 先生將一個啡色文件夾交給我。

「你打開來看看吧。」

Fred 先生微笑著看我打開文件夾，裡面裝著一本書籍的書衣。

「雖然說是禮物，但眞不好意思，你可以給我一百美元嗎？因爲這個成本價就是一百美元。」

Fred 先生靦腆的說。

這書衣來自 Jim Carroll 的《The Basketball Diaries》一九七八年的初版書。書衣印有作者的照片，他身穿籃球運動衣、披著長髮，上面還有他的親筆簽名。

「哪一天如果你有自己的店舖，請把這個裱放在店內作裝飾吧，立即會變成很酷的店。如果資金周轉不來的話，把它拿到紐約的二手書店賣便是，一定可以賣到好價錢。尤其是『Strand Bookstore』，會用最高的價錢跟你買的，哈哈哈。」

我便遵從 Fred 先生所說，付了一百美元。

「請好好保管它。」Fred 先生透過圓框眼鏡向我擠眼。

「哦，對了。我們店有入職評核的筆試，你要不要挑戰一下？如果拿到一百分的話……你應該沒有工作簽證是吧？所以不能在這裡工作……那麼，如果你拿到一百分的話，我衷心的向你道賀吧。」

說著，Fred 先生把一份試卷交給我。

Fred 先生的教誨

在紐約擁有六十四年歷史的老字號二手書店「Strand Bookstore」的老闆 Fred Bass，在存放稀少書籍的四樓的茶水間裡，親自給我倒咖啡。那麥克杯上印有一個大大的紅色字，寫著「STRAND」。

「這份就是『Strand Bookstore』的入職筆試，你試著填一下。」

Fred 先生把熱氣騰騰的麥克杯和一份試卷交給我。

紙上的標題寫著「APPLICATION FOR EMPLOYMENT」（求職申請書），下面有「PERSONAL INFORMATION」（個人資料）、「RECORD OF EDUCATION」（學歷）和「SPECIAL TECHNICAL SKILLS」（專業技能）等應徵者需要填上的資料。然後，最後一欄便是「LITERARAY MATCHING TEST」（文學測驗）。

我試著做筆試的內容。上面有兩個欄目，左邊的一欄列出了十位作家的名字，右邊則列了十本作品的名字。我需要劃線把相應的作家和作品名字連結起來。

左邊欄目上的作家名字有：「CARSON」、「WHARTON」、「MORRISON」、「KESEY」、「HOMER」、「RUSKIN」、「MILLER」、「DANTE」、「CERVANTES」和「SARTRE」。

然後，右邊作品的名字是：《STONES OF VENICE》、《DON QUIXOTE》、《DEATH OF A SALESMAN》、《BEING & NOTHINGNESS》、《SONG OF SOLOMON》、《SEA AROUND US》、《ILIAD》、《WINGS OF THE DOVE》、《ONE FLEW OVER THE CUCKOO'S NEST》和《DIVINE COMEDY》。

「其實就算筆試不及格，也不會不聘請。這只是作爲參考，了解那個人對書本的認識有多深。這些題目不算很難，足以讓我掌握那人對書本的認識程度。對很喜愛書本的人來說，這也是一份很有意思的試卷。」

Fred 先生伸手摸著雪白的鬍子說道。

「來，試試看吧，這裡有鉛筆和擦膠。」

看著我一直目不轉睛的盯著面前的試卷，Fred 先生安撫似的拍了拍我的肩。說眞的，我眞的很緊張，萬一我回答不來怎麼辦。

我首先能夠認出的答案是 Ken Kesey 的《ONE FLEW OVER THE CUCKOO'S NEST》，Arthur Miller 的《DEATH OF A SALESMAN》，John Ruskin 的《STONES OF VENICE》，然後，我便停了下來。

「Carson 是誰？是 David Carson 嗎？不對，那是電影導演。Carson……哦，Rachel Carson。是 Rachel Carson 的《SEA AROUND US》。Morrison……Morrison……應該是 Toni Morrison 的《SONG OF SOLOMON》。」

我一個人自言自語的畫著試卷。

不時會有職員從我身旁路過，興趣盎然地窺探我的作答。我稍爲聳聳肩，然後他們便咯咯笑著，小聲的跟我說「加油吧」。

結果，我只成功連結了五個作家和其作品的名稱。

「不好意思，Fred 先生，我只認識這些，其餘的都是憑直覺回答的。」

「哦，讓我看看。你也答對了五題啊，這很厲害呢。」

Fred 先生把試卷拿在手上看，開心笑道。

然後，從書桌上的紙袋裡拿出一個冬甩：「喂，Bill，你考的筆試，答對了多少題？」

Fred 先生一邊把冬甩放到口中咀嚼，一邊問坐在辦公桌前做事、穿著西裝的白人男士。

「我答對了四題……」那位叫 Bill 的男子苦笑著說。

「他是這裡的負責人，也只答對了四題。對了，你要吃冬甩嗎？這家『Doughnut Plant』的豆腐冬甩，很好吃。」

Fred 先生吃得腮幫鼓脹。

「喂，Nancy，你答對了多少？」

「嗯，這個我已經忘記了。」

一位坐在 Bill 旁邊、身穿赤紅色套裝的金髮女子答道。她的答案，引起整個辦公室的職員捧腹大笑。金髮女子見狀，便作勢要擰斷他們的頭。

「這位是我的女兒，而且還是這裡的總經理。」

Fred 先生笑得眼睛要擠出淚水，他呵呵呵的笑著，活像一個聖誕老人。

「來吧，讓我告訴你答案。請千萬不要告訴其他人囉，萬一其他人知道了，這個測試便失去趣味了。首先在左欄的『WHARTON』，是指 Edith Wharton，代表作是《The Age of Innocence》，在右邊欄目上其實沒有一個作品是出自她的。然後，右邊欄目上的《WINGS OF THE DOVE》，這個也是不能與左邊任何一個作家配對的，順帶一提這部作品的作者是 Henry James。所以就算是對書本知識很廣博的人，也只能答對八題。如果有人來跟我指出，有兩題出現錯誤的話，我一定不會聘請那個人。爲甚麼呢？因爲那麼知識淵博的人，屈就在這家店裡工作一定很痛苦。」

Fred 先生微笑著跟我解說他的小把戲。

「所以能夠答對五題的你，作爲書店職員是很優秀的了。」

Fred 先生所設計的題目是多麼的幽默和機智。

「哦，你知道 Toni Morrison，這題很少人答對的。你就把這份試卷帶回去作紀念吧。如果我沒記錯的話，你是第一位日本人參加這個筆試。唔……應該是的。」

Fred 先生實在是太慈祥了，我深感敬佩，感動得說不出話來。

「對了，如果你要在東京開二手書店的話，首先要把適合開店的位置買下來。書店如果租鋪的話，很難經營下去。這五年間，在紐約已經有大約五十間書店結束營業，原因是地價上升，付不起鋪租。現在網路又開始普及，實體書店已經進入了艱難的時代，所以首先要把店鋪買下來，這是很重要的。如果要在紐約的正中心租這麼大的店鋪，我們現在一定破產了。幸運的是我祖父把這座建築物讓給我，我們『Strand Bookstore』就是因爲擁有這棟大廈，才可以經營到現在。不要嫌我長氣，有否買下店鋪是經營書店的成功秘訣。」

Fred 先生一邊舔著沾在手指上的肉桂糖霜，一邊說。

「Fred 先生，請問你在聘請職員時，最重視的是甚麼呢?」

「我最重視人的品性，如果品性不好很難在二手書店工作。這是因爲我們需要直接面對客人。如果令客人感到討厭，那就算你是多麼的優秀，我也不會聘請。而且，每日這麼多職員需要在同一個職場工作，如果品性不好的話大家會很辛苦。」

Fred 先生說著時，他的女兒向我們走來。

「我跟你介紹，她是 Nancy。」

Fred 先生向她介紹我的身分爲東京的書商。

「Nancy 正在開發一些有趣的新業務，那就是爲名人布置家裡的書櫃，以及出租書籍作爲電影拍攝道具。最近我們受到委託，爲湯告魯斯（Tom Cruise）在紐約的家的書櫃添置舊書。他自己其實不看書，但如果有客人到訪參觀，作爲身分的象徵，他想建立一個知性的形象，所以希望我們幫他布置適合的書籍。不可以全是新書，要找一些感覺是長年被精心收藏、多番閱讀的舊書。否則，自己不看書的事情便會敗露。對吧，Nancy。你賣了甚麼書給他？」

「我把他家裡那四米高、九米闊的書櫃，全部放滿了舊書。從皮裝的莎士比亞全集、以至舊電影的評論書、歷史書，還有日本文化的書等。當我們把空空如也的書櫃填滿時，他看了，很高興的說：『我終於可以招待客人了。』聽著，我的心情十分複雜。在家裡陳列著一堆不看的書，有甚麼好高興的。不過就是因爲這個連繫，我們接到電影布置場景使用的書本租借生意，這口氣我便吞下去了。荷里活的人都是這樣，只是注重外表形象。」

Fred 先生的女兒 Nancy 受不了地擺手說著。

「經營二手書店也是很不容易呀。客人帶來不要的書，我們就買下來。客人有需要的書，我們便不說二話賣給他。但是，對我來說最重要的客人，是那些風雨不改來到店外的特價書架前，孜孜不倦地買那些一、兩塊美元的書的人。我認爲他們才是眞正的愛書人。」

Fred 先生感慨地說。

「啊，對了，所以你要買《PORTFOLIO》嗎？你不是說在幫人尋找嗎？把書找到然後送到委託人手上是你的工作吧。三本一共二千七百美元，你可以用三千五百美元賣給客人，便能賺到八百美元。記住，客人對你的信任是金錢買不來的、最重要的東西。」

「明白了，我要買，請你以二千七百美元賣給我吧。」

「好，沒問題。Bill，你把《PORTFOLIO》全集賣給他吧，三本二千七百美元，要連附錄一起啊。」

Fred 先生向名字叫 Bill 的男子吩咐道。

不一會，Bill 把《PORTFOLIO》拿出來。

「這套書的狀態眞是很好，沒有破損、沒有污跡，全部都保留著雜誌定期訂閱的明信片。這裡還有 Brodovitch 設計的宣傳海報，有齊這些就完整了。以我所知，現在這海報只有一張公開展示在「紐約近代美術館」（Museum of Modern Art，簡稱 MoMA）。」

Bill 仔細的向我說明後，把《PORTFOLIO》交給我，然後說：「請務必再來，在業務上能夠幫助到你，我也十分高興。」

在旁邊的 Nancy 接著說：「這是一個小小的贈品，如果你不嫌棄的話請拿著。」

那是一個印有「STRAND」字樣的購物袋。

「Fred 先生，你爲甚麼對剛剛認識的我這麼親切呢？」我問。

「只要你是開書店的，我們就是家人。同業們之間就應該手牽著手，互相扶持才能共存下去。我相信無論在日本還是在美國，也是一樣的。」

Fred 先生用他那雙大手抱了抱我的肩膀說。

「書店同業是家人……」

我默默咀嚼著 Fred 先生的話，他不住地點頭。

III

紐約第一的早餐

旅行中我最期待的就是吃，這樣說一點也不誇張。在前往目的地的列車或飛機座位上，用很懊惱的表情在尋思的人，如果你窺探他腦中所想，請容許我直說，其實大多數都是在想今天應該吃甚麼之類的事情。說眞的，很多成年人都是這樣。有時我想，可能孩童還會比較眞誠的，煩惱著一些更深刻的事情。

此刻，我在飛往紐約的航機內，一股腦兒在凝想著 Uptown West 那名爲「ZABAR'S」的咖啡店的早餐。說到紐約，優質餐廳的數量多如繁星，可是，我輾轉還是會回到這間店。

Mika 三年前開始在「ZABAR'S」咖啡店工作。每天早上五點上班，準備熟食櫃檯的食品，八點開始便會轉移到前台。Mika 原本是爲了成爲髮型師而來到紐約的，後來因爲疲於業界複雜的人際關係，某天偶爾看到老字號超級市場「ZABAR'S」的招聘，便開始了收銀員的工作。之後，由於擁有法國和意大利餐廳的工作經驗，獲得經理賞識，便專責咖啡店和熟食櫃檯。Mika 的笑容可掬，身上穿著白色的廚師服，更突顯她正直和大方的性格。

Mika幾乎都能記住所有熟客的名字。早上八點是咖啡店最繁忙的時間，即便如此，她依然一一跟客人打招呼：「David先生，早晨！」、「Paul先生，早晨！」。來買早餐的人，都是以年長者居多，被這麼溫柔地招待，當然高興。所以，很多老人家會抱住早報，爲了見Mika而聚在這家店裡。

抵達紐約的翌日，我從這次住宿的酒店步行數分鐘，去到「ZABAR'S」買早餐。距離上次來這裡已事隔一年了，我實在難掩期待。到達咖啡店的時候已經過了八點，店內依然十分熱鬧。我抬頭看看Mika，她一如以往在跟熟客們聊天，很受歡迎。跟上一次見面時相比，她的頭髮留長了，把黑髮染成了栗色。

我一走到前台排隊點餐，Mika便發現了我。穿著白色廚師服的她，把手插在口袋向我走來。「早晨，很久沒見了。」她跟我說。「你還是和以前一樣受歡迎呢。」我答。「是要照舊嗎？彌太郎。」我點頭確認，然後Mika便走進櫃檯裡，爲我準備早餐。

把肉桂貝果輕輕的烤一下，其中一片塗上士多啤梨和橙味果醬各一半，另一片則塗上滿滿的牛油，一個小玻璃杯盛著鮮榨橙汁，熱烘烘的咖啡倒入稍涼的牛奶。Mika沒有遺漏一絲細節，眨眼間便做好了。「你的記憶力很好呢。」我敬佩地道。Mika說：「這是當然的。」然後她又露出雪白的牙齒笑著問下一個客人：「是不是照舊？」

旅行中我最期待的就是早餐，更何況是有人會記住自己的名字，保證這趟旅程令人倍感幸福。

在相機舖遇到一位老人的故事

那是十三年前的事了。我在紐約旅行時想買一部相機，朋友便推薦我去「WALL STREET CAMERA」。那時我還是二十五歲左右，雖然年輕，但很想挑戰買一部「Leica」。朋友之所以推薦「WALL STREET CAMERA」，是因爲那是在紐約唯一一間「Leica」公司特約經營的相機舖。

在這個行人們都穿著西裝、打起領帶的商業區內，有間跟周遭格格不入、外表平實的相機舖，稍不留神便會與它擦身而過。其外觀跟一般的相機舖無異，而因爲有「Leica」公司的正式認可，我對它滿有好感。一隻大型長毛犬趴睡在店門外，客人都需要跨過牠才可進入店裡，我亦是如此。

「WALL STREET CAMERA」提供一對一、面對面的服務。店舖裡有一個櫃檯，店員會輪流接待客人。他們會詢問客人在尋找的相機機種、解答問題或者處理相機維修等事宜，店員都會一一提供協助。而客人在排隊等候時，也會彼此交流聊聊天。

我進到店內，前面已經有兩位客人在輪候。我木訥地站到列隊的最後，心想快點到我就好了。排在前面的是一位身材矮小、瘦削的老人。他從黑色帆布袋裡掏出一部相機，那是一部古舊的「Barnack Leica」相機。「Leica」有一款比較出名的型號是M3，型號在這之前的話，那應該是早於一九五〇年的東西了。老人家把相機捧在手中跟我搭話：「你應該是日本人吧？你看我這部相機，覺得如何？」

「啊，是的，我是日本人。這是一部很舊的『Leica』呢，不過保養得很好。你用的是甚麼鏡頭？」

「是日本製的舊鏡頭，這是『Nikon』的三十五毫米。」老人把相機放在手掌上，一邊摸一邊說。「但這個鏡頭的接合位不對，完全不能使用。」「哦，原來是機身跟鏡頭不配合。」「可能是這樣，所以今天我特地來這裡問問他們的意見。」老人慢條斯理地說著。老人穿著「L.L.Bean」牛仔褲、直條恤衫和「Birkenstock」鞋子，臉上帶著一副半透明的塑膠眼鏡。他在恤衫胸前那口袋裡裝了約二十支圓珠筆、鉛筆、墨水筆等，那重量讓整個口袋都往前傾斜著。

在輪候時間，我便和這位老人閒談著打發時間，談談相機、也談談日常瑣碎事。說著，我開始覺得這個老人的容貌有點面熟。這時，店員對著老人喊道：「Hello, Allen.」我才確定，這個瘦小的老人就是「Beat Generation」[1]的詩人Allen Ginsberg[2]。

「請問您是Allen Ginsberg嗎？」我問道。然後老人回答：「是的，我就是Allen Ginsberg。」「很榮幸見到您，您的詩集我幾乎全部看過。」「是嗎，謝謝你，日本的朋友。」老人和我握手，還把我拉過去擁抱了一下。「請問您下一次的詩歌朗讀會是甚麼時候呢？請告訴我，我一定會去的。」「請等一等。」老人說著不好意思，從他的袋裡拿出一本大大的記事簿，然後就在相機舖的櫃檯上打開行程表讓我看。「請你幫我看看吧，這裡應該有寫下一次朗讀會的日期。」這位世界有名的詩人，竟然坦蕩蕩的，讓一個才剛認識的人看自己的日程表，我嚇了一跳。行程表上寫的字，就是平常我看的詩集或攝影集裡Allen的親筆字跡。老人從袋裡面拿出一張卡片：「這裡有一個電話，你可以打這個電話找我的秘書，他會告訴你詳細的。」老人靜靜的笑著。

能夠遇到我最欣賞的詩人，和他握手、擁抱、聊天，我真的感到萬分感動。連我來買相機的事情，都已經完全不重要了。那天，我想問他拿簽名作紀念，翻遍自己的袋子，只找到一個空郵

1／一九五〇年代末美國出現了被標籤為「Beat Generation」的族群，他們的生活貧困、潦倒，內心惶惑，對現實不滿，個性反叛、對制度抗議、不願妥協，帶著一種躁動不安的心理狀態。

2／美國作家、詩人（一九二六－一九九七年），Allen Ginsberg、William S. Burroughs及Jack Kerouac三人是美國「Beat Generation」文學運動的核心人物。

信封。「Allen 先生，請問您可不可以在這上面簽名？」我遞出信封和筆。「當然可以，我自己有帶筆，謝謝你。」老人熟練地簽名，也寫上我的名字，而且還在正中間畫了一朵大大的花朵，花朵的中心寫著「AH」。「請問這個『AH』是甚麼意思呢？」「這是佛教中代表『愛』的意思。」說畢，便魅力四射地向我擠眼。

四年後，這位偉大的詩人與世長辭了。當時拿到的簽名至今仍然放在我辦公桌的案頭，那是我珍而重之的寶物。

最糟也最棒的早餐

我認爲我的飲食習慣跟其他人相比較爲簡單。

譬如說，我的早餐只是一片多士和一杯即溶咖啡。我對用來做多士的麵包不是很講究，在日本哪裡都能買到的六切或四切的方包就可以了，八切的話就有點太薄[1]，雖然都有人喜歡，不過我認爲那比較適合做三文治，如果用來做多士的話，就會變成麵包乾或者脆餅乾之類的東西，咬起來會掉下很多碎屑。

多士上要塗抹一層植物牛油。我當然知道牛油的味道會更濃郁，但當你早上趕時間的時候，還要把在雪櫃裡冷凍得硬梆梆的牛油先拿出來解凍等它軟化，實在是太花時間了，所以我會選擇比較軟身的植物牛油。如果要我在剛剛烤熱的多士上塗上凝固的牛油，我怕我一太清早便要抓狂了。

在酒店吃早餐的話，多士當然是塗牛油了。因爲酒店牛油的柔軟程度是最完美的，吃了連心

1／把固定大小的方包，切成四等分、六等分或八等分的意思。

情也會變好，令我愜意到想給小費。我在紐約的「Plaza Hotel」住過兩個星期，每天都在酒店吃早餐，那裡的牛油是頂級絕品，又香濃又柔軟。我禁不住每天跟侍應生說：「牛油很好吃、很好吃！」某一天早上，那侍應生甚至偷偷的把一瓶牛油塞到我手裡說：「請不要讓其他人知道。」我把那瓶牛油帶回日本，放入雪櫃儲存，理所當然的牛油變得硬梆梆。想吃的時候，用刀子怎麼刮也刮不到。之後放久了，過了保存期限，不知不覺間便被家人丟掉了。過了一陣子，我在六本木的「明治屋」裡看到有賣同一個牌子的牛油。我跟自己說，這一定比不上在紐約吃過的那樣好吃，就沒有買下了。

說到紐約的酒店早餐，不得不提位於Upper East Side Madison Avenue的「Hotel Wales」，酒店旁邊的「Sarabeth's Kitchen」是我常去的餐廳。格調高級的「Hotel Wales」房價高昂，房間面積卻細小，服務質素亦只是一般，但因爲旁邊有「Sarabeth's Kitchen」，我便勉強住下。有一次，我邀請家人住在那邊，被他們埋怨：「這麼狹小的酒店，我再也不會住了。」我跟他們解釋我選擇這裡的理由，並把他們帶到「Sarabeth's Kitchen」，家人便立刻理解了。順帶一提，酒店和餐廳並不是一同經營的，他們只是剛好開在鄰旁而已。

在「Sarabeth's Kitchen」，有多士、班戟、炒蛋、鬆餅、沙律等。無論你選哪一款，都保證能夠享受到幸福的早餐時光。只要早餐好吃，你便會想以早餐佔據整個上午。即是說，你會慢慢品嚐早餐、和人聊聊天、把報紙從頭到尾讀一遍、寫寫日記，用盡所有方法希望延長這個幸福的時光。眼看四周大家都是這樣做，可能都被這種氣氛互相感染著。就算你是一個人前來也沒問題，可以跟侍應們聊天。在這裡吃早餐很容易令人花掉五十美元以上。可能你會覺得我很奢侈，但對於不喝酒的我來說，旅行中花費最多的便是早餐了。我一直相信，人需要一個完美的早餐，來開始美好的一天。

容許我把話題帶回我家的早餐上。一片多士和一杯即溶咖啡，這算是好吃的早餐嗎？

先寫在前頭，我認爲那是好吃的。把在哪裡都能買到的麵包烤熱，然後塗一層植物牛油，咬下熱氣騰騰的多士的那個口感，和撲鼻的香氣是最棒的。咖啡是「雀巢」的即溶咖啡。如果從豆開始煮咖啡的話，因應煮的方法和豆的品質，會產生不同的味道。我自問沒有每天早上花費精神煮咖啡的餘力，於是「雀巢」咖啡便成爲好味而穩定的選擇。

我所喜好的簡單飲食習慣，就是最糟或最棒的其中之一。在「Plaza Hotel」和「Sarabeth's

Kitchen」的早餐算是最棒的，而在我家的多士和咖啡要算是最糟的。但是兩種我都覺得好好吃，最難吃的是不上不下、平平庸庸的食物。例如價格和味道都只是一般的，是我最不能接受。這世界上不單止是食物，有太多的事情都是不上不下的。我希望在最糟之中找到最棒，或者在認識到最棒之後分辨出最糟。這延伸到衣、食、住、所有事都一樣。在這個推崇中庸的世道，可能適中是比較常見的。可是爲甚麼人們就是不明白，過得平庸是人生的一種不幸？

抓住最糟和最棒的事物，做一個「乞丐王子」，這就是我的生活哲學。

Frank and Mary

我曾經到訪位於三藩市以北的 Guinda 村，車程大約兩小時。由柏克萊駕車沿著高速公路向北駛去，從公路走到晴朗的山道，穿越蜿蜒的大道和幾條小村莊。目睹蔚藍的晴空有一朵白色的、圓潤的雲朵懸浮著，打開車窗，便會聞到濃郁的泥土香氣迎面撲來。

差不多該到了吧，我攤開用筆作了標記的地圖，在 Guinda 的所在地畫有一棵大大的美國核桃樹標誌。就是這裡了，挨近看，那個標誌上有一條絲帶繫著一個氣球，輕飄飄地隨風搖擺，氣球上寫著「Welcome」。

我這次到訪 Guinda 村的目的，是來拜訪造鞋師傅 Mary 女士和 Frank 先生的母子工房，今天是我訂製新鞋的日子。

從遠遠照射過來的日光之中看到一個人影，是 Frank 先生在向我招手。「Frank 先生！」我喊著，下車揮著手向他走去。

五年前，我從正在三藩市旅行的朋友送來的明信片上，認識到「Murray Space Shoes」。

那明信片上畫了一雙鞋，那鞋看上去一點也不酷，鞋頭脹鼓鼓的，但我無法轉移目光，覺得十分可愛。在鞋的畫旁寫了一句話：「這是Guinda村的Mary女士和Frank先生所造的鞋。」朋友跟我說：「他們會用石膏套取你的腳形，然後再迎合你的生活習慣，去度身訂造只屬於你的鞋。」一年之後，經過朋友的介紹，我便到了Guinda村。自從看到那畫中鞋和知道了背後的故事，我怎麼也忘不了，無論如何都想到訪這裡。

那雙脹鼓鼓的鞋名字叫「Murray Space Shoes」，每一雙都是Mary女士和Frank先生的匠心製作，我當然也預約訂製了。大約三個星期之後，那雙鞋便連同Mary女士親手寫的信，以空郵寄到了。信上寫著：「希望這雙鞋子，能為你的日常生活帶來幸運。」

我到現在還記得第一天穿上「Murray Space Shoes」時的感受，穿進鞋裡，整個腳掌就好像被吸進去一樣。我試著站起來，那安穩的感覺就像很多雙溫柔的手從地面生長出來，支撐著我的雙腳一樣，讓我能自然、筆直地站立。我向著天空伸展一下背筋，然後向前走兩三步，感覺像是輕飄飄地在雲上走路一樣，腳掌下感受到的柔軟，讓我猶如身處夢境。這時我才知道，原來穿上和自己的腳形完全貼服的鞋走路，是這麼愉快的事情！我們每天都穿鞋，鞋在我們的生活中是不可或缺的物品，如果穿的鞋能夠舒服得像有人用手保護著你，便會覺得甚麼地方都能抵達，令你變得想去更多的地方。我從心底裡感受著這份舒適，比起坐下我更想站立，比起站立我更想走路。這雙鞋猶如被施了魔法，而這種樂趣，應該只有這雙鞋才能給予。

Mary 女士已經八十歲，Frank 先生則是四十四歲。兩人居住的 Guinda 村就只有郵局、電話公司和小小的雜貨店。放眼望去，除了山以外還是山。

Mary 女士和 Frank 先生是在二十五年前發現這片土地的。某天，當時住在加州帕羅奧圖（Palo Alto）的 Mary 女士來到街市，買到了很好吃的西瓜，實在是太好味了，於是，Mary 女士詢問這麼好吃的西瓜是從哪裡來的。後來，當她知道那西瓜是 Guinda 的農家種的，便立刻到訪了 Guinda 村，還決定要在那裡定居。Mary 女士的祖先是從俄羅斯移民來到的，原本是種葡萄的農家。她一直在大城市工作和生活。自從到訪過 Guinda 村，便喚起她在農村生活時的童年回憶，希望能在那裡過著恬靜和自給自足的生活。

Mary 女士是在三十二歲的時候知道「Murray Space Shoes」。在三藩市的報紙上，有一篇小小的報道，寫著：「能配合任何人的腳形，保證穿得舒適，度身訂造只屬於你的鞋。」那時，在大城市任職秘書、身心都感到十分疲勞的 Mary 女士，便去到「Murray Space Shoes」位於三藩市的工房訂製鞋子，穿上後的舒適感讓她大爲驚艷。

「穿著這雙人腳造型的鞋子，可能會引人發笑，但是對我來說，每天都像在做夢一般舒適。這世界上竟然有這麼一雙魔法般的鞋！」於是，好奇心旺盛的 Mary 女士，便造訪位於康涅狄格州橋港市（State of Connecticut, Bridgeport）的「Murray Space Shoes」總公司，並表示希望成爲學徒，在那裡從套取腳形開始，學習造鞋的方法。

「Murray Space Shoes」緣起於溜冰選手 Alan E. Murray 因爲自己的腳傷而研發出一套造鞋方法。他在一九四五年和妻子一起創辦了這家製鞋工房。

在那之後，二十年後的某日，Mary 女士接到一通由 Murray 夫婦打來的電話。由於兩人有感自己年事已高，遂向 Mary 女士提議，讓她來繼承「Murray Space Shoes」。那時，Mary 女士正在 Palo Alto 的家裡，負責用石膏套取腳形的委託工作。當時五十三歲的 Mary 女士，欣喜地接受了 Murray 夫婦的邀請。然後，Mary 女士和 Frank 先生便搬到 Guinda 村，開始了造鞋的生涯。

讓我說明一下「Murray Space Shoes」的訂製流程。首先，跟 Mary 女士和 Frank 先生預約時間，到訪 Guinda 村。到了工房，他們會把客人領到屋子旁邊的倉庫，裡面放了幾款不同設計的鞋辦。在一張桌上放有一張溫莎椅，客人需要赤裸雙腳坐到椅子上。那張椅子被稱爲「皇帝的椅子」或者「公主的椅子」。客人坐到上面，Mary 女士和 Frank 先生便開始收集客人的資料，例如其生活習慣、從事甚麼工作。他們會很仔細地量度腳掌尺碼，然後用石膏套取腳形。Frank 先生非常熟練地用石膏包裹雙腳，Mary 女士就在旁邊，對坐在椅子上的人不斷提示著「要伸直背脊！」、「不要看下面！」。當你因爲赤裸著的雙腳被他人觸摸而感到害羞時，Mary 女士便會說道：「你應該更愛你的雙腳！」用石膏套取腳形，過程大約需要一小時，然後便去選擇鞋款的設計和材料。材料通常都是皮革，但也有牛仔布質地的。基本設計是有一條鞋帶的麂皮鞋，也有高度至腳踝的短靴。任何一款都是那麼可愛，令我難以抉擇。

這次，我訂製的鞋與原本已擁有的那雙同款，但不同顏色。

我問 Frank 先生：「當你造鞋時，都在想甚麼呢？」「造鞋的時候，我只會想著那個客人的事情和我們對話時的氣氛。我合上眼回憶著觸碰他的雙腳時的觸感，一邊回憶一邊造鞋。」Frank 先生回答。「不是說賣了鞋便完事，我們彼此的關係，其實是在把鞋交付給客人時才剛剛開始。鞋是每日都穿著的，當客人穿著我們所造的鞋時，我們和客人便連繫在一起。」Mary 女士說。

Mary 女士雖然身材矮小，但看得出她內心堅毅，就像我們普遍認知的俄羅斯母親一樣。她的眼睛像寶石一樣閃耀著光芒，腰板挺直，珍珠色的頭髮很是美麗。

Mary 女士還帶我參觀她的果園，向我一一介紹自己種植的花花草草和果樹。有杏仁、核桃、無花果、葡萄、椰棗、車厘子、柿和桃。在 Guinda 村的生活，是節奏急促的城市人未曾觸及過的淨土。一早起來，便到農莊散步，採摘早餐用的野菜和雞蛋三隻，一隻給自己，兩隻給 Frank 先生。

「記得要給鞋改名，它是你的朋友，會保佑你的。」Mary 女士溫柔的說著，她的一席話我銘記心中。

三個星期後，就是昨天，我收到了新訂製的鞋，正在想該給它改甚麼名字呢？一旦決定了，我要立刻告訴 Mary 小姐。

我希望能給它取一個幸福的名字。

Schoenberg Guitars

在我衆多的喜好之中，結他是其中一項，我指的是木結他。不知從何時開始，我對音樂產生了濃厚的興趣，開始接觸不同類型、不同歌手的音樂。而以木結他作爲基調的樂曲，隨心地成爲了我的至愛。例如，一直都很受歡迎的 Jack Johnson [1]，他的樂曲可說是把木結他的魅力發揮得淋漓盡致。有人視之爲新時代的滑浪音樂，本來滑浪音樂應該要再刺激一點的，如「The Ventures」[2] 演奏的純樂搖滾。而 Jack Johnson 的歌曲，應該是偏向民謠或者藍調。不過剛好他本人喜歡滑浪，把滑浪的體驗寫進歌裡，便產生了這種類型的音樂。若果 Jack Johnson 是喜歡登山的話，那麼他的歌可能便會成爲登山音樂了。人們總是急於把事情分門別類，創造新的名詞。我很喜歡 Jack Johnson 的歌，但我認爲他是民謠歌手。

在三藩市一個叫蒂伯龍（Tiburon）的小城鎮，有一間叫「Schoenberg Guitars」的結他舖。店主是 Eric Schoenberg，他在行家之間是傳說中的「指彈結他」（finger picking）高手。

1／美國夏威夷歌手、影片製作人及音樂創作人，同時也是滑浪好手（一九七五－）。

2／美國搖滾樂團，一九五九年成立，帶起了二十世紀六〇年代間的電吉他風潮。

我對第一次到訪「Schoenberg Guitars」那天的事情記憶猶新。從漁人碼頭出發，乘搭渡輪約二十分鐘後，便到達三藩市的高級住宅區之一。那裡只有寥寥數間餐廳和咖啡店，在偏遠的一角有一間小寮屋，那就是「Schoenberg Guitars」。我思忖，這就是把戰前的「馬丁結他」(Martin & Co.) 之中較爲稀少的OM (orchestral model) 型號自主復刻生產的名店嗎？我不禁驚訝於這間店子的樸實門面。

我打開發出噹啷噹啷聲的門走進店內，裡面密密麻麻排列著多支木結他。有位戴著眼鏡、身材矮小的爺爺和一位留著長髮的年輕男生在店裡。那位爺爺親切地笑道：「歡迎光臨。」他就是Eric Schoenberg 本人了。我看到牆上掛著孩子和家人的照片，還有應該是在這店舉行演奏會和結他教室的照片。這店活像 Eric 先生自己的家一樣呢。我望著照片看得入神，Eric 先生便逐一告訴我照片背後的故事。

我告訴他，我是從日本來的。他很高興的問：「你懂得彈結他嗎？」「我還只是個初學者，但是每天都有彈。」我答。然後 Eric 說：「那就對了，就算彈得不好也沒所謂，最重要是每天練習。」他拍了拍我的肩膀。然後，他在店的裡面（其實那只是離門口不到五米遠的地方）拿了一支木結他遞給我，請我隨便彈一下。我頓時緊張起來，不知道該從何彈起，在那裡磨蹭著。最後，我便斷斷續續的彈了「披頭四」（The Beatles）的《BlackBird》。「噢，你彈得很好啊。」Eric 先生稱讚我，他說：「好吧，讓我來教你怎麼彈《Blackbird》。」Eric 先生竟然要教導我這個偶然到訪的人彈結他，這究竟是甚麼一回事？我受寵若驚，長髮的年輕男生跟我說：「不用客氣，Eric 很喜歡教人，不論對象是誰。所以你放輕鬆，跟他學一下啊。說實在的，這是挺幸運的體驗。」

然後，Eric 先生便彈起結他來。那音色十分立體、豐富，不像是只有一個人在彈奏。我認爲，這可能比原創者 Paul McCartney 彈得更好。

「《Blackbird》有很多種彈法，你彈的是其中一種，而 Paul 則是這樣彈。」

Eric 先生慢慢的撥動著和弦，細心教導我，還跟我說彈《Blackbird》的時候，重點應該放在右手而非左手。

期間那位長髮的年輕男生也加入，我們便圍繞著《Blackbird》彈著說著，便過了大約一小時。在這段時間中，沒有一位客人推門進來，整家店子像是包場狀態。經歷了這麼珍貴的體驗時光，令我好想在這店買一支結他回去。我環視店內，看到有幾支「Schoenberg Guitars」自家品牌結他，跟「馬丁結他」混在一起。看看價錢，最便宜的也要三千五百美元。那是手工結他，這個價格也是理所當然的。其中，我拿起一支最吸引我的，那是「馬丁00型號」古典復刻版結他。它的桶身較小、琴頸稍闊，最適合用於指彈結他演奏。我試著彈了一下，音色相當悅耳，看一看價錢，是六千五百美元。說真的，我很想要這支結他。

「這支結他真好，我很想要……」我跟 Eric 先生說，我很想買這支結他。「雖然這是一支好結他，但我不會推薦給你。請你下一次務必再來，到時我幫你選一支適合你的。」我猜 Eric 先生的意思是，這支結他跟我的個性和習慣不配合吧。「我明白了，那麼我會再來，到時請幫我選一支結他。」「好的。你下次再來，記得要練熟《Blackbird》喔。來之前請先致電給我。」說畢，Eric 先生跟我握手。

在那之後一年，我再次到訪「Schoenberg Guitars」，然後帶走了一支超棒的結他。他遵守了我們的約定。

自那天起，我每天都會用那支結他彈奏《Blackbird》。

啟航的少年

在我小學五年級的時候，因事需要離開父母，一個人到新潟縣妙高高原的農家度過一個夏天，就是在那段日子，讓我認識到了《銀河鐵道之夜》（宮澤賢治）中的主角，少年喬凡尼。

早上我幫忙打理農田，夜晚在被窩裡一個人蜷縮著。在妙高高原的生活很是寂寞，可能是因為沒有朋友，唯有閱讀可以幫我消解寂寥。當時我很害怕夜晚，所以一到晚上我便看書。當我揚聲朗讀著故事的時候，漸漸便不會感到害怕。有時候，我會望向夜空，試著尋找喬凡尼看過的大熊座，幻想自己就在那漫天星星組成的銀河之中。喬凡尼和卡帕涅拉曾經一起讀過一本書，打開銀河的那頁，就能看到漆黑一片的頁面上，布滿雪白星沫的美麗照片，眞希望有朝一日我也能翻開那本書。還有，在銀河車站能夠獲得那用黑曜石造的圓形板狀地圖，總有一天我也會得到這件寶物。不單止宇宙，只要拿著一張綠色的車票，便能到達任何目的地。我不能自拔地羨慕著喬凡尼，渴望想像他那樣旅行。

到了十五歲，我第一次擁有自己的房間。牆壁貼了賽車在跑道奔馳的海報，枕邊放了一部電晶體收音機。這樣子，想像自己變得更像一個大人了吧。到夜晚，我會在那房間裡想著《Where The Wild Things Are》（Maurice Sendak）繪本裡的故事。被母親訓斥後的頑皮小孩Max，把自己關在房間裡。突然，有一艘船駛至，Max便坐上去展開旅程。每逢晚上，我都會關上電燈，興奮地期待著，有天我的房間也會有一艘船駛來，然後我就會乘著它前往怪獸們居住的島嶼。就算是在夢裡也好，我眞的很想去航行。

「朋友應該是在旅途上結識的」——這是從馬克・吐溫（Mark Twain）的《頑童歷險記》（*Advertures of Huckleberry Finn*）中的哈克學到的。就像哈克有吉姆和湯姆兩位朋友般，只要展開旅程，我也能夠交到朋友。

在十八歲的秋天，我首次出發去美國三藩市時，比起想看甚麼、想去甚麼地方，我更想交朋友。當父母問我：「你是爲了甚麼去旅行？」時，我只俯視地面，沒有回答。「我是爲了交朋友而出行的。」我很想這樣跟他們說。在陌生的國度，遇上困難或意外，然後和朋友一起化險爲夷，我是懷著這個期待啟程的。

每次旅行我都會帶書，跟保羅・柯艾略（Paulo Coelho）筆下《牧羊少年奇幻之旅》（*The*

Alchemist）中的牧羊少年聖狄雅各一樣，喜歡把讀完的書當作枕頭，是我自幼以來的習慣。然後會喃喃自語，下次我一定要讀更厚的書，這一點跟他不謀而合。聖狄雅各的人生目標就是旅行，那麼我的人生目標又是甚麼呢？我的思緒奔向遠方的少年，默默地期許我的人生目標也是旅行，直到永遠。

在一本殘舊的筆記簿上，我抄寫了一段《牧羊少年奇幻之旅》的文字：「你必須遵從預兆才能發現寶藏。神明已經為每個人鋪好道路，你只需要解讀神明留給你的預兆……請不要忘記你所得到的預兆。」這番話，會多次安慰在旅途中的我。

二十一歲的時候，我有一位戀人。「你將來想成為怎麼樣的人？」她問過幾次，我每一次都這樣回答：「我想成為少年記者。」然後她都會義正辭嚴地對我說：「你應該要更認真看待這件事。」我所說的少年記者，是指艾爾吉（Georges Prosper Remi）的《丁丁歷險記》（*Les Aventures de Tintin et Milou*）裡的主角丁丁，我是認真的。

二十一歲的我，還是個以為甚麼願望都能夠實現的少年。只管追夢，從沒想過要放棄，總是以不同的方法作多番嘗試。

有一位加拿大出身的鞋子設計師 Paul Harnden，他在位於離倫敦大約一小時車程的海邊城市 Brighton，擁有一所宅邸和自家品牌「Paul Harnden」工房。我在三年前到溫哥華旅行時認識他。那時候，他隨身攜帶著《丁丁歷險記》。「爲甚麼你會隨身帶著丁丁？」我問。然後他答：「爲甚麼？因爲丁丁是我的朋友呀。」「你知道鯊魚潛艇嗎？就是那個外型像鯊魚的潛水艦。」「當然知道，能夠乘坐那艘潛水艦，是我的夢想。」我們就這樣互相傾訴著夢想，度過了一晚。在那之後的一年，我收到他寄來的大包裹。打開一瞥，裡面裝著一件他親自製作的短身外套，信裡寫著：「這件外套是給你的禮物，因爲丁丁身上也穿著一樣的外套。有了這個，你便能成爲丁丁。」我把手穿過外套的手袖，那一刻，我幻想自己成爲少年記者的夢想總算是實現了。

口哨版巴哈

抵達洛杉磯機場後，一出閘口便看到成群結隊來接機的人。爲了尋找迎接的對象，他們都會目不轉睛地逐一掃視從閘口出來的人。被他們注視著，便會覺得很不好意思，不知道應該走向何處，連手腳都不知該往哪裡擺。我拉著「Rimowa」行李箱穿過人群，然後停下腳步。看到倚在接機大堂遠處的柱子上，一手拿著咖啡、一手執著報紙在看的她。

她留著一把被海水沖刷得稍稍褪色的長髮，自然往後束了馬尾，穿著一件低領女裝恤衫、「Dickies」褲子，沒套襪子的雙腳穿著「Vans」運動鞋。她的衣著與一年前相比沒甚麼改變。順帶一提，她幾乎全年都穿著那條「Dickies」長褲。無論是上班、還是休假，她都會穿著最喜愛的「Dickies Girls」系列，非常地道的洛杉磯穿衣風格。

雖然我很高興她來接機，但她總是那副滿不在乎的模樣，從沒有表現出等待我到來的熱切，甚至有時還會因爲塞車而遲到了。

她發現了我後，向我笑了笑。「太好了，飛機沒延誤。」「是呀，準時抵達。」「車停在那邊，我們走吧。」說畢，她便夾著報紙急步的向前走。這麼久沒見了，連一個擁抱也沒有嗎？我心裡嘀咕。不過，她就是如此的人。我拖著行李箱跟在她身後，一陣茉莉花香迎面而來。是她的香氣，真令人懷念。洛杉磯的天空很藍，冬天的陽光照得我身心舒暢。

我把行李箱放進她那輛水藍色的旅行車後座，然後我們從機場出發。「不好意思，滑浪板擋住你了。」她的滑浪板從後座一直伸到前座，我要把它稍為挪開才能坐到副駕駛席上。我們駕車經過沿途整齊排列著棕櫚樹的路。「我們趁現在這個時間早點回去，再過三十分鐘便水洩不通了。」她戴著一副大框太陽眼鏡，踩油加速。

我和她是在四年前分手的，然後她便移居到洛杉磯，而我則回到了東京。在洛杉磯一邊滑浪、一邊工作是她的夢想。幸運地，有一間日本服裝公司需要招聘懂英語的員工，她立刻被採用，讓她圓夢了。而我，則繼續一成不變地在東京居住和工作。我們每年都會見一次面。有時她來東京，有時我去洛杉磯。雖然我們不再是戀人，但還是保持住戀人以下、朋友以上的關係。我們會互相到訪各自居住的城市，無所事事一起待著。我不知道她現在有沒有戀人，她也沒有過問我的感情狀況。

「今天天氣眞好呢，沒有霧霾。」她駕著車問道：「要不要去 Abbot Kinney 喝杯茶？還是直接回家？」「嗯，我想直接回家。」「好吧。」然後她便直駛向位於 Echo Park 的家。

她在車裡不會播音樂，因爲她認爲這樣會浪費了難得的遊車河時光。看看風景、聽聽風聲和街上的聲音，用身體去感受車輛的移動，她認爲這才是正確的享受方式。雖然這麼說，但車內還是有音樂的，那就是她吹的口哨聲音。在駕駛途中，她習慣吹口哨，而且吹得悅耳動聽。

我偷瞄了一下她的側臉，今天她也在吹口哨。「你的口哨吹得愈來愈好了。」「是嗎？我在練習巴哈的《Toccata No.2》，是跟著 Glenn Gould [1] 的演奏版本吹的。」說著她便吹起《Toccata》。竟然想到把 Glenn Gould 那卓越的演奏用口哨表現出來的就只有她了。「這是一九七九年多倫多演奏會上，Gould 所演奏的《Toccata》。」即便旅行車停在信號燈前，口哨亦沒間斷。我一直在旁凝視著她。「怎樣？很不賴吧。」她繼續吹，我沒有回答，滿腦子在想著與她親吻。

旅行車駛過 Silver Lake 的繞道，那表示我們很接近她的家了。突然，我不想停下來，很想

1／加拿大鋼琴演奏家（一九三二－一九八二年）

能夠一直遊車河，寂寞孤單感漸漸湧上心頭。我覺得她吹的口哨，比 Gould 的演奏更加動聽。

當旅行車抵達她的家門時，她並沒有把車停下，反而繼續前進，說：「不如我們再到處兜兜風吧。」

她寄來的《哈利波特》

有一年夏天，我住在加州的朋友拜託我幫他看管位於柏克萊的公寓，因為他需要去巴黎遊學一個半月。

我交往了三年的女朋友，正在三藩市內的某藝術學院讀書，因此，我們談著所謂的遠距離戀愛。有時她回來日本、有時我會到三藩市，兩人每年只見面三、四次。如果這次能住在柏克萊一個半月，表示我可以和她每天見面，可以相處久一點。一想到這裡，我便立刻答應了朋友的請求。

某天，我在電話裡把這個計劃告訴女朋友，她高興地說：「那麼，這期間我們可以一起在三藩市打工，我兼職的那家日式餐廳剛好在招聘員工。你在這邊待著一個月反正也無所事事，而且時薪也不錯，只是早上至午飯時段，下午兩時便收工。」這樣也好，反正這個月我也沒有甚麼計劃，也不知應該怎麼消磨時間。

我接受了朋友的提議，他還留下一輛車讓我自由使用。雖然要很早起床，但我不覺得辛苦，於是便開始了這個夏天在柏克萊的生活。

餐廳工作從早上九點至下午一點，主要職責是幫忙主廚準備食材。時薪大約一千二百円，每週出糧一次。店主和其他員工都很友善。

每天下班後，便約好到女朋友的公寓，好好享受二人世界。能夠與她見面，我每天都很愉快。在外國工作、生活，令身爲旅客的我感到日子過得非常充實。

然而，周而復始的日子，有件事我怎樣也忍受不了，那就是上班時段的路面狀況。從柏克萊到三藩市，必定要經過港灣大橋（Bay Bridge）。如果暢通無阻的話，只需要十五分鐘的路程，但因爲上午上班時段路面非常擠塞而被拉長到一小時。整條馬路都堵住上班的車輛，在日本很少遇到這種狀況。

某天，我跟女朋友訴說上班時塞車的苦況，不知怎地兩人竟爲此吵架起來。以前一年只見幾次面的時候，我們沒有試過吵架。現在每天見面，兩人反而會爲了雞毛蒜皮而爭執起來。可能是因爲我們彼此更熟悉了，便更加容易耍性子、向對方發脾氣吧。那天吵架後，我們並沒有和好，就這樣不歡而散了。之後，雖然我們住處相隔不遠，但一星期都沒有再見面。我在旅途中變成得一個人。即便如此，我繼續做兼職，依然每天忍受著上班時段的擠塞。而每天早上呆在沉悶的車廂內，讓我更加想念她。

在我們沒有見面的第十日，有一個郵包送到我的住處，是她寄來的。打開信封，裡面有四張CD，還有一張手寫備忘，寫著：「在車裡，你應該很悶吧……」就只有這麼一句。

翌日，我如常開車上班，把她寄來的CD放入播放機。音樂徐徐從擴音器流出，是貝多芬的鋼琴奏鳴曲。過了一陣子，突然有一把聲音用日語開始朗讀起來：「居住在水蠟樹街4號的德思禮夫婦……」嚇了我一跳，那是她的聲音。她緩緩地唸著：「波特一家……」聽到這裡，我知道這是《哈利波特——神秘的魔法石》的內容。雖然我沒有看過那本書，但我記得她曾經是多麼的喜歡這個故事。

我駕著車，一如以往地被堵在路中間，一動不動。她的朗讀聲繼續從播放機流出。自從上次吵架以後，我們沒有再見面。此時聽到她的聲音，份外想念。我逐漸被吸進故事裡的魔法世界裡去，塞在路中的痛苦彷彿變得細如微塵，她的聲音陪伴我度過了港灣大橋。她把《哈利波特》前四冊的故事，都朗讀並錄製成了四張CD。

雖然在車裡聽收音機或音樂都是不錯的選擇，但我從沒想過原來聆聽故事的朗讀會這麼引人入勝，使心境平靜下來。她還會因應登場人物而改變聲線去演繹，十分厲害。

我在回程時，繼續聽著她的《哈利波特》系列朗讀。我已沒有跟她鬥氣了，但我還是沒有去見她。五日後，當我聽完所有故事錄音，一陣強烈的寂寞感猛然襲來。於是那天晚上，我打了通電話給她。「怎麼樣？塞車很無聊吧。」「是的，謝謝你。但是我已經全部聽完了，我可以繼續聽之後的故事嗎？」「下一本是《哈利波特——鳳凰會的密令》，怎樣？很有趣吧。」「是的，我現在可以去你那邊嗎？」「我這裡有齊七冊啊。」我立即衝出門，駕車到她的公寓。從港灣大橋看出去的三藩市夜景特別美麗。途中，我想起第四冊的最後，妙麗第一次親吻哈利的那一幕。

洛杉磯的汽車戲院

我來到洛杉磯已經過了一個星期，感覺時光飛快。要是問我這些日子都做了甚麼，我卻沒法子具體說出來。就是躺在這次住宿的「Beverly Laurel Motor Hotel」的中庭泳池邊那長椅上讀報紙、到對面馬路的熟食店買咖啡和三文治、望向藍天的眼角會瞄到負責打掃的嬸嬸推著手推車在走廊慢慢行過。兩位前台職員好像發生了甚麼磨擦，在櫃檯前爭吵著，完全無視正在等待退房的客人。這間汽車旅館好像全年都在裝修，今天便有幾位裝修工人攀上了屋頂，一直在貼一些板之類的東西。美國的汽車旅館，上午通常都是這麼繁忙和嘈吵。我在洛杉磯逗留期間，通常就是這樣。

我留意到在報紙的角落，有一篇關於汽車戲院的報道。洛杉磯最古老的汽車戲院，位於高速公路以北三十分鐘左右車程的地方，從四十年前便開始經營。那篇報道寫著，現在特意駕車前往看電影的客人愈來愈少了，雖然還是有一些常客和發燒友，但汽車戲院逐漸式微，變得像個廢墟。尚有一星期營業時間，這汽車戲院很快便會被清拆掉。讀完這篇報道，我便很想嘗試一次到汽車戲院看電影，因爲我一直對《American Graffiti》（1973）片中所看到的汽車戲院很嚮往。

查看上映時間，最早一場的放映是從晚上七時開始。那是當然的，因爲大銀幕設在室外，需要等到入黑才開始播放。我五時離開汽車旅館，先到「The Rose Venice」外賣預備今晚看電影時吃的東西。我點了一份意大利三文治，然後請店員在我的水壺內裝上花茶。我滿心期待今晚的節目。

駕車走上高速公路向北，意外地一路暢通無阻，很快便到達了汽車戲院。一個巨大的銀幕就在眼前，瞧著走任誰也不會迷路吧。此時，天空尚有一絲白天的餘藍。我把車駛進入口，好像進入了小型賽車場的賽道般，有很多狹小的通道連接到收費處。看看時鐘，原來時間尚早，只是六點，收費處尚未有人，閘口還是關著的，我只好留在車裡等候。

大概過了三十分鐘，我從倒後鏡看到一輛白色汽車慢慢駛近，我猜想，應該是和我一樣來看電影的客人。那輛汽停在我的後面。我瞧瞧倒後鏡，裡面坐著一位大約二十來歲的女子。我一邊收聽 KCRW 電台，一邊等候開場。

我再窺探一下倒後鏡，看到後面的女子在擺手，好像要跟我說甚麼。我透過鏡子向她做手勢比劃著「甚麼事？」，然後她又好像再說了點甚麼。我打開車窗探出頭問道：「有甚麼事嗎？」那女子喊道：「用手打開閘門快點進去吧，在這裡等多久都不會有人來的。」看來她是常客。如她所說，用手一拉閘門便輕易地給打開了。「入場費應該在哪裡付呢？」我問。「從兩個月前起，這裡就已經是免費觀看。說是結業前的特別招待。」她展露出爽朗的笑容。

「原來如此，太好了。」我回到車裡，把車子駛入像棒球場般廣闊的平地。很有趣的是，地面很有規律地設有多個小山丘，停車時，你只要把前輪停泊到小山丘上，車頭便會微微向上傾。如果把車泊在平地的話，角度便很難看到銀幕了。我把車停泊到中央位置，調低座椅，面向著大銀幕，心中不禁讚嘆這場地設計，這樣坐在車箱裡觀看電影的角度，調得剛剛好。

我再望望四周，有幾輛車都駛進來了。我好奇剛才的女子把車停到哪裡去了，原來就在我的斜後方。她正拿著漢堡包大口大口地吃。我轉身向她揮手，她也揮手回應。轉眼間，天空已經完全黑下來了，變成滿天星星的夜空。我一手拿著三文治，等待放映。

今天上映的是《The Pink Panther》。那個大銀幕有如棒球場的電子螢光幕那麼大，畫面極具震撼力。在這裡可以看看夜空，也看看電影，眞是一大樂事。

完場後，衆人駕車駛向出口處，排著隊等著往歸家的路上。看到這番景象，頓時覺得有點傷感。大家都是孤獨的人，匯聚於此，都是爲了尋求屬於自己的一點秘密時間。那輛白色汽車在哪裡呢，我嘗試尋找但找不著。要不，我明天再來一趟吧。

溫哥華的Jiil

我曾經在溫哥華主要大街上的書店「Chroma Books」工作一個星期。

第一次來到溫哥華的時候，我完全分不清左右，不過只要找到看上去好像不錯的咖啡店，就沒問題了。我駕著車在街上到處觀察，尋找感覺良好的咖啡店。怎樣才算是感覺良好呢？第一個條件就是早餐要很好吃。要判斷哪家好吃，那麼只要一大早出門就會一目了然。有很多客人的咖啡店，就一定錯不了。

我一邊駕車一邊尋找，不單是咖啡店，還有書店。在海外，書店就像那個地區的資訊站一樣，能夠在那裡獲取很多情報。所以我先去書店，問店員：「這附近哪裡有好吃的早餐？」只要這樣問，他們定必殷勤的告訴你，我就是這樣找到早餐好吃的咖啡店。

我第一次到某個地方旅行，總會先找尋吃早餐的咖啡店。然後每朝定時到那裡吃早餐。大概三日之後，便自然會跟店員熟絡起來。之後就可以請店員介紹好吃的餐廳、適合長期居住的酒店、哪個公園散步舒適、週末哪裡有農家市集等，收集到很多令旅途更多姿多彩的情報。

一家名爲「Foundation」的咖啡店，就是「Chroma Books」的Jill介紹給我的。我每天早上九時都會到那裡吃早餐，必點餐單是鋪滿自家製果醬的班戟和花茶。第二天早上我在咖啡店的一角發現Jill，便上前跟他說：「早啊！」，然後問可以一起坐嗎？「當然沒問題。」Jill說。

Jill對我的行程很感興趣，問了很多問題。從哪裡出發、去過甚麼地方、打算去哪裡等等。「其實我沒有制訂行程表，也尚未決定下一個目的地。如果喜歡那個地方便會逗留久一點，有時只留一天便立刻到下一個地點，都是隨心所欲。但是，咖啡店和書店是我旅程中不能或缺的。」聽我這麼說，Jill高興地頷首。「如果你有興趣的話，要不要在『Chroma Books』工作一個星期？」原來，「Chroma Books」是Jill從他叔父繼承的書店。Jill想到紐約旅行探望女朋友，但因爲要看店不能離開，如果我能夠看店的話，便幫了他一個大忙。因爲很喜歡這個城市，所以我二話不說便答應了這個邀請，而且我也想更深入認識溫哥華。話說回來，竟然把書店交給旅客來看管，Jill眞是一個怪人。

三十九歲的Jill有一個二十三歲的妹妹叫Lucy，她負責收銀和管帳，除此以外的書店打理和接待客人的任務就交給我來負責。Jill不在期間，他的房間、睡床和汽車都可以讓我使用。

Jill 的公寓距離書店步行約五分鐘，他的車是紅色旅行車。於是，我便開始了在溫哥華的新生活。

每天上班前，我駕著 Jill 的紅色旅行車到「Foundation」吃早餐。大概到了第四天，一名跟我熟絡了的女侍應 Linda 說：「Jill 的車有一個專用停車位。」每天早上我本來是看到咖啡店的停車場哪裡有空位便把車泊在那裡。「有寫著 Jill 的名字，你停在那個位置就可以了。」Linda 這樣說。我再環視一下停車場，在靠牆的一處有人用噴漆寫著「Jill's」，前面空著的位置剛好能夠停泊一輛車。「Jill 每天來吃早餐，都把車泊到那裡。事緣有一天停車場滿了，沒有位置泊車使 Jill 很困惑，於是他就只是為了吃早餐而特地租了那個位置。」Linda 把手盤在胸前說。

為了每天在同一時間、同一店舖吃早餐，連泊車位都特意租借了，還在那面牆上寫上自己名字以示專用，Jill 的幽默感令我發笑。

翌日，我又把車泊到「Foundation」的停車場、Jill 的專用車位。吃早餐如是、工作也如是，我覺得自己彷彿成為了 Jill 的分身，這感覺十分奇妙。

現在身處紐約的 Jill 正在吃怎麼樣的早餐呢？我不禁在想。

《Top Gun》

從小我的視力就很好，就算在黑暗的地方看書也不成問題，這是我天生的優勢。不過說不出原因來，我其實有點羨慕戴眼鏡的人。戴著眼鏡的人眞好啊，尤其是遇上戴眼鏡的女子，便很容易喜歡上。

但這次說的是另外一回事。在洛杉磯有一位朋友跟我一樣喜歡眼鏡，他是古董眼鏡專門經銷商，他認爲四〇至七〇年代之間製造的眼鏡，尤其是四〇至五〇年代間的質素和設計，都特別優秀和稀少。

他的顧客都是法國大品牌的設計師，而且經常會遇到有趣的事情。「前日『Ralph Lauren』的 Richard 跟我買了很多飛機師太陽眼鏡，說是給湯告魯斯（Tom Cruise）拍攝《Top Gun》[1]用的。說是五〇年代軍隊專用品牌『AMERICAN OPTICAL』或者是『Randolph Engineering』造的，多少副都要買下，叫我收集百副以上。你猜他用多少錢買？每副一百五十美

1／ 港譯《壯志凌雲》，一九六五年美國電影。

元！發大財啦！」他架起一副大框七〇年代太陽眼鏡，興高采烈地說。「Prada」、「Gucci」、「CHANEL」等品牌也會跟他買眼鏡，以作設計參考。其實我對這個話題沒有很熱衷，不過飛機師太陽眼鏡我也很想要一副呢，不知道現在問會否太遲了。

「會不會剛好剩下一副呢？」然後他笑著說：「我只有好東西。」「那你把它賣給我吧。」「我估到你啦。」於是，朋友便以六十美元讓了一副給我，那是「Randolph Engineering」製造的啞色鏡框太陽眼鏡，配上光滑無痕的原裝深灰色鏡片，真是上乘的好貨。

我十分高興，立即戴上。看著鏡中的自己，猶如《Miami Voice》的角色，也像是長相兇惡的的士司機。我心想，這副太陽眼鏡還是不要在日本配戴了。朋友帶我走到庭園，看看天上猛烈的太陽。他說比起現在的軍用款式，古董眼鏡能更有效阻隔陽光。原來如此，怪不得我看著那熾熱的太陽，一點都不覺得目眩，真是厲害。

回到家，我架起這款眼鏡給女兒看，可她一聲不吭地返回房間，好一陣子都沒有出來。

在德薩斯州的重逢

在某個炎熱的夏天，我搭飛機從底特律到達拉斯，再從達拉斯機場去到郊外的登頓（Denton），車程約兩小時。這次旅行的目的，是參加我的老朋友Alex的婚禮。

二十年前，我經朋友介紹，認識到從美國來日本的交流生Alex，並成爲了好朋友。Alex有著一把像滑浪選手似的金色長髮和一雙藍色瞳孔，當時很受日本女生歡迎。但由於他是在德薩斯州的鄉下成長，性格比較內斂，收到女孩子的情信時，便會羞紅著臉。對於那些女生來說，他的單純令她們更瘋狂不已。

我和他一直保持聯繫。不過自從Alex回到德薩斯州之後，我們只見過一次面。那就是六年前，Alex在他伯父的爆谷公司工作時，曾經到過洛杉機，剛好我因爲工作也逗留在那邊，我們便約好在Santa Monica的希臘餐廳一起吃晚飯。沒有像年青時那樣打鬧了，我們開懷地互相交換近況。平常我們大約每年互通兩、三次信件，內容通常都是一些日常瑣碎事。我們也會把各自國家沒有的東西寄給對方。例如我曾給他寄過幾次他最愛吃的花林糖，他又會寄一些日本沒有的雜誌給我，「這個最近很流行啊。」他每次選擇的雜誌，都讓我感得很有意思。

「其實我有一個天大的消息要宣布，我將在八月結婚，你會過來參加派對嗎？我想把女朋友介紹給你認識……」春天的時候，我收到這樣的一封信。

「Alex，我當然會去啊，期待能夠見到你……」我給他回信後，便開始準備到德薩斯州的行程。

登頓是人口只有約二千人的郡。到了登頓，我跟著 Alex 寄來的手繪地圖去找他的家。其實在這麼小的地方，要找到他的家應該沒有難度吧。我把地圖遞給油站的店主看，「沿著這條路轉彎然後直去，見到一棵大樹之後轉左，就會見到。」他仔細給我指路，說：「這裡沒多少條路，不會迷路的啦。」然後親切地拍拍我的背。

Alex 和家人一起居住在廣闊草原中央的農舍。從前就聽他說過，家裡有一片很大的粟米田。那一望無際的天空和幽靜美麗的山脈，就像他的個性那樣，沉實敦厚。

當我的汽車駛近他家，已經看到他在門前等著我。剛下車，他便掛著靦腆的笑容，跑過來給我一個強而有力的擁抱。「你眞的來了，謝謝你。」他的弟弟、妹妹過來幫我搬行李，我有點不好意思，也跟他們擁抱問好，說這幾天要來府上打擾了。一踏進 Alex 的家，便聽到 James Taylor [1] 的《Something in the Way She Moves》，我記得那是他很喜歡的歌手。我從袋裡拿出花林糖給他。「其實不需要特地帶過來呢……」口中雖說著客氣的話，但他很高興地收下了。Alex 一家五口，有父母、比 Alex 小六歲的弟弟和小八歲的妹妹。他跟其他美國人一樣，都會帶客人在家裡參觀一遍。把行李安頓放好之後，我到大廳的沙發坐下來休息，然後 Alex 帶了一位女子過來。

「她就是將要跟我結婚的人……」

我抬頭一看，忍不住驚訝。原來她是日本人，而且還是我認識的。

「我沒有事先跟你說，真對不起。」Alex 表現得像個做錯事的小孩般。

「很久沒見了。」站在他旁邊的女子，展露出幸福的笑顏。

在我們都是二十一歲的時候，我和這女子交往過，是在兼職時認識的。當時我在一間專門售賣外國貨品的雜貨店裡，負責簡單的銷售和送貨安排工作。我原本只是全職員工的助手而已，怎

1／ 美國音樂人、吉他演奏家（一九四八－）

料因爲業務過於繁忙，後來上司有甚麼要辦的都交給我來做。工作很辛苦，又沒甚麼樂趣，每天加班到要搭尾班車回家，人工一個月約十九萬円。

在我打算要跟上司說做滿這個月便會辭職的時候，和子加入了公司。她剛剛從短期大學畢業，曾任職一間有名的企業，但不久後便因身體抱恙而辭職。「初次見面，你們好。」她笑著與我們打招呼，然後突然想跟我握手。我對她那毫無預兆的舉動失措了，只是敷衍地回應一下。而那天本來決心要說辭職的話，怎麼樣也說不出口。

過了幾天，看見我每日都悶悶不樂，她便跟我搭話。「你好像很忙呢，請不要勉強自己呀。」「你要吃這個仙貝嗎？是人家給我的手信。」「我先回去了，你要加油呀。」不知從何時開始，我會在公司裡尋找她的身影，找到了她我的心情便好起來，她滲透出來的溫柔成爲我的救贖。

我跟她是在認識半年後開始交往的，但已經記不起是怎樣開始。放工回家的路上我們偶爾會一起走，然後開車的她會送我回家。記憶中，某次回家的路上，我突然打開話匣子，將那天對工作的不滿和將來的期望向她作出傾訴。然後，我好像說了這晚不想回家之類的話來試探她。而那晚，我們誰都沒有回家，在酒店過了一夜。

事情就這樣發生了，兩個人也沒有覺得後悔。我們雙方沒有說過喜歡、告白，或是說出交往的話，只是從那天起我們變得親密起來。通常她會等我放工，然後一起吃晚飯再回家。而且，每週有兩天會一起上酒店過夜。

後來經過朋友介紹，我認識了一位美國人，他就是來日本作交流生的Alex。每逢假日我便帶Alex到原宿、涉谷、秋葉原、上野等地方遊玩。Alex是一位美男子，去到哪裡會成爲焦點，跟他同行的我也覺得叨光了。

出外遊玩時，我們通常都是三人行。我、和子，還有Alex，就像杜魯福（Truffaut）的電影《Jules and Jim》（1962）那樣，兩個男生愛上一個女生，我認爲那正正就是我們三人當時的狀態。

我和她一直保持著肉體關係，但漸漸次數減少了，那是在開始三人行之後。那個時候，說不定她已經和Alex發展起來，甚至也有著肉體關係，我並不感到意外，也沒有去深究。我不能說自己沒有妒忌，即便如此我也會原諒他們的，因爲我實在是太喜歡這兩個人了。

我們三人的關係一直持續了大約一年，直至Alex回美國。在成田機場爲Alex送行時，我從來沒有見過她這樣傷心。從機場回來的路上，我們都沒有說話。

那之後沒多久，我便辭去兼職，心心念念已久的美國之旅終於成行了。辭職之後，我和她的關係從每天見面，到慢慢疏遠，然後漸漸的沒再跟對方聯絡，也沒有再碰面。

我到了高收入的搬屋公司短期工作，總算儲夠了去美國的旅費。出發當天，我給她打了一通電話。「原來如此，那你路上小心。」她平淡地回答。自此，我們就沒有再見過面了。

二十年後的今日，爲了參加 Alex 的婚禮，我千里迢迢來到德薩斯州的小郡登頓。迎接我的，是滿面笑容的 Alex 及和子，我很意外。我知道這是可喜可賀的事，但事前沒料想到明天要舉行婚禮的就是眼前這兩人，我驚訝得合不上嘴。

故事是這樣的——在我們開始三人行的時候，大概他倆的心意已經互通。Alex 回去之後，和子曾多次去美國探望 Alex，兩人慢慢培養出感情。雖然他們之間曾發生過不少錯綜曲折的事情，但兩人最終都走到結婚這一步了。

「我們是因爲你才認識的，衷心感謝你。」Alex 緊握著我的手說，而和子則在旁邊看著我們微笑。住在 Alex 家的這個星期，因爲準備婚宴每日都熙熙攘攘。我們就像以前一樣，無論去到哪裡都是三人行。那樣的日子，讓我很懷念，但更多的是感到幸福和喜悅。

如是這般，我們歷時二十年的三角關係，終於得出結果了。人與人之間的相遇，眞是妙不可言啊。

國道7號與 Sviatoslav Richter

在馬賽完成工作，我和 Lisa 駕著她的愛車「雷洛R5」，向巴黎進發。從馬賽到巴黎的距離約八百一十五公里。

「你知道有一頭長頸鹿從馬賽步行至巴黎的故事嗎？」Lisa手握著軚盤，我向她問道。「有，我可能在某個舞台劇看過；不對，還是在書上呢？」Lisa 本身是一位巡迴演出者，基本上對於有關書或者話劇的問題都能回答。她是個熱衷學習的人，所以對甚麼都會詳細了解。每次只要我說：「那個甚麼……我一時說不出名字來。」然後，她便立即說出答案。

回程的時候我們猶豫不決，應該走高速抑或一般公路呢？我們有的是時間，也沒有急著要回去巴黎。雖然 Lisa 很想快點見到她的時裝設計師男朋友，但覺得在一般公路遊車河也未嘗不可。

「以前，巴黎的新婚夫婦很流行駕車前往馬賽旅遊，就是經由 Route Nationale 7（即N7，國道7號，連接巴黎和意大利邊境）走過鄉村田野間的道路，我記得有一首歌是特意描寫這個情景的。」

當我想這也許是不錯的提議時，Lisa已經把車駛向N7。我們的車跑得很快，無論是在柏油路、還是礫石路上，都輕輕鬆鬆地飛一般駛過。Lisa從剛才開始就在哼《圖畫展覽會》（*Pictures at an Exhibition*）的旋律，她說這是Sviatoslav Richter[1]的鋼琴編曲版本。

「是一九五八年在『The Sofia Recital』的演奏。」

「Glenn Gould[2]曾經在自己的書中評價『Sviatoslav Richter是個天才』。」

我這樣說，Lisa回應了一句「Oui」（嗯），然後親一下我的臉頰。

我們從馬賽到巴黎，途中在里昂住了一晚，一共花了兩天才回到巴黎。在這段路上，我和Lisa一直哼著Sviatoslav Richter的鋼琴曲。當她哼到Franz Liszt[3]的《Valse oubliée（Forgotten Waltz）》的時候，還眼泛淚光。

「登、登登、登登登登登……」

1／俄羅斯烏克蘭德裔鋼琴家（一九一五－一九九七年）

2／加拿大鋼琴演奏家（一九三二－一九八二年）

3／匈牙利作曲家、鋼琴演奏家（一八一一－一八八六年）

那次旅途中 Sviatoslav Richter 的鋼琴旋律，彷彿仍在我耳邊繾綣。那是一趟聽出耳油的美好旅程。

蔚藍海岸的加油站兼二手書店

從巴黎的馬賽出發向東行，到意大利邊境的蔚藍海岸（La Cote d'Azur）。那海景美不勝收——藍色的海面、金色的陽光和結滿果實的山丘。我悠閒地駕車從聖拉斐爾（Saint Raphael）到芒通（Menton），途中風景讓我恍如置身隱密的世外桃源，感覺奇妙。蔚藍海岸是歐洲聞名的度假勝地，這景色使我聯想起阿倫狄龍（Alain Delon）的電影《Plein soleil（Purple Noon）》（1960）。這裡一年四季都很暖和，就算是在夏天，也乾爽舒適。

在駕駛途中，我從康城開始駛離海岸線，轉到山中的小路，然後去了小城市格拉斯（Grasse）的民間工藝博物館參觀。回程路上，我到海岸線附近一所加油站入油。那加油站是用舊木造的小屋，只容得下三輛汽車。在法國的加油站大多是自助的，雖然甚麼都需要親力親為，但別有一番特色。

我在等待為汽車入油時，看見小屋裡有一位貌似頗難相處的老人，他坐在椅子上看書，我猜他應該是老闆。他完全沒有在意我，自顧自看書。加滿油後，我上前付款時，試著跟這老人搭話，他顯得不耐煩地放下書本，敲打著收銀機。此時我才發現，這間小屋不單止是加油站，還是一間書店，正確來說是加油站和二手書店二合爲一的店舖。

「請問這裡是二手書店嗎？」「是的，是二手書店。」老闆瞄了我一眼答道。「我可以看看嗎？」「隨便啦，你喜歡書嗎？」「是，因爲我需要一本書在長途旅遊中閱讀，但我看不懂法語，這裡有英語的書嗎？」「這裡是觀光勝地，世界各地的書都有，連你國家的日文書也有。」老闆自豪地說。一說到書的話題，剛才那個一臉不屑的模樣，像是海市蜃樓般消失得無影無蹤。這個加油站兼二手書店裡，有從世界各地來的遊客留下的書籍，非常獨特。旅行者留下的書，轉交給下一位旅行者手上，讓這裡的藏書繼續它們的旅程。

我在這裡要了一本安東尼聖修伯里（Antoine de Saint-Exupéry）的《夜間飛行》（*Vol de Nuit*）（1931）英文版。在旁邊察看我挑書的老闆說：「Good choice.」然後，伸手到枱面上的器皿，抓了一把藍色包裝紙的糖果塞到我恤衫胸前的口袋中，說：「Bon voyage.（旅途愉快！）」老闆第一次向我展露笑容。「Merci, Monsieur.（謝謝您！）」在我駛離加油站時，他又已經埋首回到書本上了。

蔚藍海岸的夜空布滿點點星光，我開著車，就像駛進了夢境般美好。

我只能從這裡見到 Robbie

我在三藩市的奧克蘭度過了一個夏天，那時美國剛開始介入波斯灣戰爭，街道上到處都豎立反戰旗幟。在一個悶熱的夜裡，我在下榻的酒店收到住在柏克萊的朋友打來一通電話：「明天在柏克萊有反戰遊行，你要不要一起去？到時『Cheeseboard Collective』說會供應薄餅啊。」「這樣啊，如果我有空的話就去吧，現在不能確定答應你。謝謝邀請。」然後我便掛了電話。

明天嗎？明天是週末，我約了在自助洗衣店打工的日籍中國裔女生約會，打算跟她去波爾克街（Polk Street）的泰式餐廳吃青咖喱，然後去她的公寓打發時間。就像理查．布羅提根（Richard Brautigan）那樣，還要買香薰蠟燭，這是我的約會計劃。雖然說，提起薄餅眞的令我有點垂涎，但要特意到柏克萊參加遊行，這麼累的事不太適合我。我打開房間窗戶，抱著結他滾到床上，隨意哼著歌，不知不覺便睡到翌日早上。

酒店的早餐是免費的，我把三藩市報紙當作餐墊，咬著已經變硬了的冬甩，喝了一口咖啡。報紙上寫著柏克萊將會在今天舉行遊行的消息。就是這個了，我看著報道想起昨天朋友的邀約。

原來「The Band」[1]的羅比．羅伯森（Robbie Robertson）也會參加今天的遊行……眞是的！原來 Robbie 身在三藩市，還要參加遊行。竟然能夠在這裡見到我的偶像，眞是令人難以置信。我把剩餘的冬甩塞進嘴裡，看一看手表，遊行從十一點開始，現在是十點半。「糟糕，要快點趕去柏克萊。」然後，我狂奔去BART（Bay Area Rapid Transit，即三藩市的地下鐵）車站。

那天，我參加了遊行，也吃了薄餅，可是沒有見到 Robbie。其實我也不確定他是不是眞的有去，遊行的人有那麼多。到了傍晚，我如期跟女生見面，吃了青咖喱，再去她的公寓。上公寓之前，我們去了影碟出租店。「我們今晚看這個吧。」我選了《最後的華爾滋》（*The Last Waltz*）演唱會影碟。眞可惡，我就只能從中看看 Robbie 了，氣得連香薰蠟燭也忘記了要買。倚著我一起看演唱會的她卻說：「這個很沒趣。」還比我先睡了，眞可惡！

1／美國搖滾樂團，於一九六七年成立，始創期成員包括來自加拿大的 Rick Danko、Garth Hudson、Richard Manuel 和 Robbie Robertson，以及來自美國的 Levon Helm。

IV

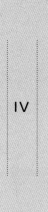

世上最美麗的步道

我哭了，在山中，眼淚一顆一顆地落下。在旅途中，我走過不少街道，但很少往山上去。就算是要走山路，都不過是爲了直往目的地，不會繞道而行，所以對行山路的記憶都是依稀的。加上我不習慣行山，爲了安全，我一直避免踏進山中去。山，只須遠遠眺望就好了。但是，最近每當我望向遠山，腦海裡都會浮現一句話——欲了解事物的眞諦，只作遠觀是不行的。

沒想到我有機會走上這條約翰．繆爾步道（John Muir Trail，以下簡稱 JMT）。我哭了，並不是因爲感到悲傷；是第一次把內華達山脈（Sierra Nevada）的美景收進眼底而感動得哭了嗎？不盡然。連日以來在山中步行，讓我認識到自己不同的面貌，不是透過觀察，而是從自己的行動感受到的，情緒變得敏感的一種反應。在 JMT 的日子，提供了一個寧靜的環境與內心對話，被美麗的大自然圍繞著，讓我去面對自己，從而解放自我，感覺煥然一新。

光線愈強烈，影子愈深黑。一直行，一路往前，由腳到膝蓋、由膝蓋到腰、由腰到心胸，漸漸走進深處。路上感受到，喜悅之中有辛酸，辛酸之中有喜悅。對於首次於山中漫步的我來說，

JMT是一所最好的學校。JMT給予的教導，就只有「步行」這一課，看上去是那麼的簡單，誰都能做得到。

JMT位於美國加州內華達的壯麗自然景觀之間，是爲了紀念有「國家公園之父」之稱、爲自然保育作出偉大貢獻的約翰．繆爾（John Muir, 1838-1914）而設立的。登山徑全長約三百四十公里，最高的山嶽地段有海拔四千米高，堪稱美國最具代表性、最美麗、也是最艱辛的行山徑之一。

走完JMT全程三百四十公里的話，最少要三個星期。這次我們的行程是其中的五分之一，大約是四日三夜。我們需要把帳篷、睡袋、替換衣物、食材等露營和煮食必須用具塞進背囊。每天都得要揹起這個重甸甸的背囊，走上最少十五至二十公里。

這次我們登山隊伍一行五人，有紐西蘭籍的嚮導SP（簡稱）、我和我的攝影師朋友，以及另外兩名隊友。除了我和我朋友，其他人都有行山經驗，其中那位登山嚮導已經有二十五年的資歷了。

從三藩市起程，經過五小時的車程，穿過「優勝美地國家公園」（Yosemite National

Park），到達著名滑雪場勝地馬麥斯湖（Mammoth Lakes），從這裡出發登山。Mammoth Lakes是處於海拔二千五百米的高地，正值七月中旬的中午，夏日炎炎，烈日當空。

「你們日常食量是多少？請告訴我，你們對食物的喜惡？」出發前ＳＰ召集我們，地面上羅列著這次登山用的食物，還放了兩個設計成筒形、專門防止野生熊搶食的食物容器。在營地中，一定要把所有食材放進容器裡；而睡覺時，必須把容器放在離開營地最少三十米以上的地方。這都是爲了應對爲食物而來的野熊的對策。牙膏和潤膚露等有香味的東西是不可以放進帳篷內的，那可是自殺般的行爲。也千萬不要在身上偷偷藏著餅乾，以爲待晚上肚餓時食用，要不然你一張眼，就會看見一頭熊人在你面前出現。

ＳＰ一面觀察著我們，一面跟我們解說這個可以帶、那個不要帶太多之類的，憑著他的個人經驗來檢視和分配食物。有麵包、鬆餅、果醬、牛油果、果乾、意粉、芝士、火腿、奶粉、曲奇餅、乾糧小食等，ＳＰ嚴格篩選了四日分量的食物，熟手地放進容器裡。餘下的就由各隊員分擔帶著。他把兩個各十公升的食物容器放進背囊中，「這四天，背囊的重量會愈吃愈輕。」ＳＰ對我們露出潔白的牙齒笑著說。我被分配帶上一袋麵包，將之塞進背囊中，揹起來時一個不小心差點失去重心要摔倒，大約有十五公斤重吧。想到之後的四日，都要揹著這個走，不禁擔心起來，我平時可是個走平路沒多久也會氣喘的人。「好，我們出發吧！」SP沒有一絲猶豫地邁步。

除了剛才提到每人分配到的食物，每個背囊裡還有一人用的帳篷、睡袋、替換用的襪子和T恤各兩套（都是美麗諾羊毛製的）、防水外套、抓毛衫褲、食物器皿、餐具、水壺、頭燈、拖鞋、毛巾、冷帽、可以一邊行一邊用飲管補充水分的兩公升水袋背囊、梳洗用具、防曬品、蚊怕水、一本小記事簿、鉛芯筆、露營地氈、數碼相機、花草茶。把以上全部都收納在六十公升容量的「Gregory」登山背囊裡。

行山時身上穿戴的裝備，有長靴、襪子、衫褲、防曬用帽子、太陽眼鏡、兩支行山棍、毛巾和手表。登山裝備和用具的重量很影響效率，所以只帶最基本和必要的，有甚麼可以省去的便不要帶上。根據自己的速度和節奏，一步一步的行走。有人會習慣帶上音樂隨身聽、或書本、或其他消遣用東西。而我這次希望集中在步行上，所以這些東西都沒有隨行。早上起來吃過早餐，便起行；中午吃過午飯，再繼續行；而晚上吃完晚飯，就入睡，整個行程就是這樣。體驗最終極、最簡單的行山生活，且看看箇中得著。

究竟行山的趣味是甚麼呢？我想。其中必然是「步行」。而爲了享受步行的樂趣，有甚麼是必備的呢？那就是無論如何都需要一雙讓人感覺舒適的登山靴。於是，我早前便拜託了住在三藩市郊外的朋友、「Murray Space Shoes」的Frank，依照我的腳形特製了一雙登山靴。我走路用的鞋，全部都由他來製作。

在出發去JMT的兩個月前，我去了Frank的工房訂製了這次穿上的登山靴。因爲Frank也有行山經驗，當知道了我的行山之旅，他替我感到興奮，並立刻答應了我的請求。登山用的靴子製造時間較久。需要用石膏套取腳形，仔細檢查雙腳的肌肉狀態，並要準確地量度尺寸。行山的時候會經過甚麼環境、行程內容、要走多久等等，Frank都仔細無遺地向我確認。我帶備了JMT的資料，把我知道的都告訴他。

出發前一個月，登山靴便送到了。比一般的鞋履更加輕身，皮革更柔軟，這雙靴子跟照我的腳形來設計，雖然看上去外表不甚美觀，但穿起來走路時猶如在雲上行走一般舒適，鞋子跟雙腳的貼服感令我驚喜，好讓我對這次行程的艱辛與不安感，一下子都消褪了。這雙靴還是防水的，眞感謝Frank，這一件寶物令我覺得自己可以穿著行走到世界盡頭。

行山的趣味還有一項，那就是「吃」，即是營地的膳食。雖然行山用的食物很難追求高質素，但我也期待著盡情享受每日的膳食。行山用的餐具通常都是鋁製或者塑膠製的，又或是用鈦金屬。而我則選擇了漆器，陶漆的碗和匙羹，以及用栗子木削成的筷子。漆碗是我委託福井縣的工藝家，用上已愈來愈少人使用的日本扁柏製造的，匙羹則是石川縣製造的。這個漆碗和匙羹，可以用來盛水、茶、湯、飯，又輕又保暖，與嘴唇接觸時的質感很輕柔。有了這樣的餐具，即便是再簡單的膳食，也能令心情安穩下來。漆器還有很多功能，使用時的安心感，拿上手的觸感，還可以觀賞其造工。這也是深得我心的寶物。

登山靴和漆器餐具將成爲我這次 JMT 登山之旅的精神支柱。收拾好行裝，眺望高山，我期待著明天的遠足。出發前夕，我甚至把登山靴和漆器餐具都放在枕邊伴著入睡。

我眺望彼方的雪山群和北面內華達壯麗的山脈，在艷陽下默默前行。

從 Mammoth Lakes 乘穿梭巴士，到這次登山的出發點紅草地（Reds Meadow），於早上十點正式起程。我們在平滑的山嶺步道上，步行了大約一小時，已經汗流浹背。背囊重得肩帶都要吃進肩膀裡去了，但我卻不覺得痛苦，可能因爲有微風吹來山路時兩旁散發著的雪松香氣，或踩在碎石路上發出的沙沙聲，或不遠處聽見的小溪流水聲，或頭頂那一望無際的藍天，或陽光下閃耀著金光的樽前草和火焰草，這一切都緩和了我的吃力感。

在山上的生活很有規律——早上七時起床、梳洗、吃早餐、整裝、收拾帳篷和準備今日分量的食水。把小溪裡的水，裝到用強烈紫外線殺菌的容器裡，每次可以製造一公升食水。水袋背囊有兩公升、水壺可以裝一公升，所以出發前需要預留時間準備。內華達的水源即便再清澈，亦不建議直接飲用。當一切就緒，大約早上十時便上路。步行一小時、休息三十分鐘、再步行一小時，便到了午飯時間。午飯後，也是持續每步行一小時便休息半小時的節奏。以每小時大約行走四公里的速度來計算，一日大約能夠走十六公里。在下午五時左右決定營地，開始搭建帳篷。晚上七點吃晚飯，八點便回到各自的帳篷裡休息。膳食全都由SP準備，早餐是湯和麵包，午餐是三文治，晚餐是意粉。第一日可能因為疲累和緊張，所以沒甚麼食慾，吃得很少。第二日開始有飢餓感了，為補充體力而食量大增。在營地也要補給水分，所以最好選擇在湖邊或者小溪旁紮營，不過通常這些地方蚊蟲會比較多。身邊經常有幾百隻蚊子轉來轉去，就算是身經百戰的SP也表示不能接受，他投訴全球暖化，導致今年的蚊子特別多。我們曾遇上用網罩面的登山人士。在JMT的生活，日常都需要與蚊戰鬥。在外露的皮膚塗蚊怕水不錯可以驅蚊，但牠們卻會叮上被衣服蓋著、沒有塗蚊怕水的皮膚部位。每晚回到營地，一脫下衣服看到身上的疙瘩，多得令人吃驚。經常一邊步行一邊用手撥開面前飛來飛去的蚊蟲，令人相當疲累。就算去到海拔三千米高的地方，只要一靠近河溪，埋伏已久的蚊蟲就會向人類施襲。既要搽防曬霜、又要塗蚊怕水，皮膚總是給蓋著一層黏答答的東西。山中當然沒有花灑，也沒有水喉，貴重的飲用水只可省著用來梳洗。不要想著跳進小溪全裸洗澡了，這定必會招來大群蚊蟲突襲，無人會這麼做的。在JMT行山，一定得要抵禦蚊蟲，牠們會大大小小的常伴左右。

JMT的一日裡有著四季氣候，天晴、多雲、下雨，這種天氣特質在山裡似乎是再正常不過的，但對於一竅不通的登山菜鳥來說，頗令人困擾，山中早晚的溫差令我難以適應。七月中的內華達，早上如秋冬般寒冷，需要穿著羽絨外套或厚身上衣。到了中午，仲夏般熾熱的陽光燙著皮膚，如果不戴帽子遮擋便很容易中暑。到黃昏，又像春天微涼。日落後，漸漸變得跟冬天一樣。每晚大約凌晨三時以後，那股寒冷就像攝氏零度的冬天，不得不把身體蜷縮在睡袋中。這樣的JMT，一天就有春夏秋冬，更意想不到的是豪雨。大家都說，夏天的內華達不怎麼下雨，但我們一天之內就遇到了幾次豪雨。那天體力消耗得很厲害，筋疲力盡，還會肌肉痠痛、呼吸困難。停雨後又出太陽，因爲太熱把雨衣脫下，只剩一件T恤。我筋竭力疲地走著，悶熱得令人完全提不起勁。

我通常走在隊伍的最後，最前是嚮導SP，所以我總是最後一個到達休息地點，我的步速慢得跟大象一樣，與大家距離大約幾百米左右。

終於，到達休息站，可以稍作休息。不遠處的SP不時看向我，但他沒有跟我搭話，只是注視著。可能你會以為他很冷漠，其實這是行山獨有的禮儀，這是我後來才明白的。待在山裡的好處是你可以自由地成為你想成為的人，這裡沒有人會干涉你，或示弱、或逞強，又或展露溫柔、或表現淘氣也可以。假如當時SP表現體貼地向我關心、配合我的速度，那麼要如期完成行程是不可能的。要到達當天目標的營地，就更不可能了。受到他人的關顧時，自己便會變得軟弱和依賴。「休息一下吧，沒所謂的。」如果有人跟你這麼說，你就會立刻容許自己鬆懈。SP是為了使我變得更堅強，所以即便看到我怎樣辛苦，都盡量跟平常一樣，不展露過分關心。

SP有一張輪廓鮮明、像雕塑品的臉孔，他一直都只是從前方盯看著我。在JMT行山期間，沒有誰會說過「加油」。我們沒有事先訂下這規矩，說不定這就是行山人士之間的默契。後來才從SP那裡聽說，就算是怎樣經驗豐富的人，第一日行山時都會感到疲累，到第二、第三日開始習慣了，便會輕鬆些。這樣說來，的確在第二日的午飯後，我的步伐變得輕快了，那時候我開始熟習山中的環境。之前因為疲勞，走路時總只是專注看著自己的腳尖，後來習慣了狀況，便開始懂得欣賞JMT沿路上的美景，例如那個巨大的地層溝壑，親眼看到這種地質奇景而領悟到這片大地是如何形成，非常激動。

每次當我感到身體快要捱不住之時，不遠處便會出現吸睛的美景，讓我神往而繼續前進。一路上有可愛的花草、土撥鼠之類的小動物，還有清爽的涼風等。我要像天上星星那樣，不浮躁、不歇息，繼續前行。

因為山上沒有公廁，無論大小二便，都得要自己找個地方來解決，在草叢間或者森林之中，盡量是離開小溪的樹蔭下，用鏟子挖開一個約十五厘米深的洞口，大便就落在那裡，然後用泥土埋好。使用過的廁紙拜託不可以隨手丟掉，一定要帶回去。也許有人會想到把它燃燒掉，但在JMT這是被禁止的。無論是甚麼東西也好，不屬於這裡的物件，都必須自己攜帶回去。整趟旅程之中，我合共挖過兩次洞。後來朋友跟我說，他挖過三次，害我好像輸了給他似的。

理論上，就連人類踏足這片土地，都被視為影響生態，所以JMT的自然保護政策是非常嚴謹、徹底地執行的。在這個地方，人類的存在被視為入侵者。行山途中，我們發現有些人為了留下標記而把石頭堆疊起來，SP看到了便會將之弄掉。最初我不明白，但經深入思考，便會明白這是嚮導的責任，因爲這裡本來就是人類不該踏足的自然保護區，人工事物當然不應存在。

第三日下午，我倒下了。從營地之一的紫湖（Purple Lake）出發後，我們經過這次行程中最艱辛的一段路——馬基小徑（McGee Pass）。這路段高於海拔三千米，由連綿不斷的上斜下坡的崎嶇山路構成。那天天氣轉壞，寒冷、且有霧雨。本已感到疲勞、又被奪去體溫、也不適應山中環境的我，一直都注意著自己的體力和身體狀況，爲了預防高山症，我頻頻補充水分。即便如此，走到海拔三千米高的斜路時，我的心肺機能開始抵受不住，不用力呼吸便無法取得足夠氧氣，我只好喘著氣地緩步向前行。

到下午休息時間，SP要我們作出抉擇，在今天內繼續走完這條McGee Pass，還是不要勉強，早點決定營地休息，到明天一早才再出發。他希望我們各自評估自己的體力來作出決定。通常這種狀況SP都會問我的意見，因爲我的體力最差，他把選擇權交給我，希望我對自己的行爲負責任，不會覺得是嚮導迫著你走，走得不情不願。我表示希望繼續向前，完成今天需要走的路段。

大約下午四時左右，我們仍未能到達目標營地，現在身處之地，沒有一根草木，沒有一點生氣，周遭被延綿不斷的花崗岩石斷層圍繞著。巨大的岩石、荒涼的溪谷，在亂石嶙峋之間步步為營，地勢異常難走。我的步伐比其他隊員已經慢了許多。突然間，我的胸口像被人用手抓住一樣揪痛。差點要倒下，蹲下身，無法呼吸，很頭痛，想嘔吐。SP見狀即時判斷今天就在這裡紮營，不能繼續走下去了。環看四周，是一片冰雪覆蓋的世界，谷底被冰封著。SP熟練地把我的背囊解下來，拿出帳篷，快速布置好，鋪好地氈和睡袋，然後跟我說：「快點躺下吧。」此刻的我只要把頭顱移動一厘米都覺得疼痛欲裂，在雪地上的帳篷中，我只能夠躺著。直至翌日早上，我就這樣蜷縮在睡袋裡，徒然地等待症狀紓緩過去。大概有十五個小時，我都動彈不得，留在帳篷中一步也沒有離開過，那是個極度漫長的夜晚。

到了早上，我終於可以起來了，掀起帳篷一看，大家正圍在一起吃早餐。我走近他們，想喝一杯熱茶，他們精神抖擻地跟我道早晨，好像甚麼也沒有發生過似的。大家給我一個座位，SP跟我說：「準時十點出發囉。」我喝了一杯泡著果乾的花茶，覺得體力恢復了不少，但仍然沒有食慾，所以就沒有吃早餐了。在陽光和煦的早晨，我們默默地收拾帳篷和行裝，準備再出發。被融雪沾濕了的行李變得更沉重。今天要盡力繼續前行，我望向藍天默唸著。

在路程上，我學到行山是一件孤獨、艱辛的事。而既然這般辛勞，又為何要上路呢？我一邊思考、一邊前行。沒有比明知是痛苦的、但仍是要繼續前進更痛苦的事了。其實人生在世，要想方設法令自己開心才是。行山這個行為，且看你如何理解，又或者怎樣看待自己的心態。我明白到，行山並不單純是物理上的行為，如果單單想運動，那去健身室也是一樣的。也有人是想攀登高處，去親眼看看地圖上俯瞰不得的景色。但，行山的精粹，不僅是觀看美景，更是要從中尋獲一種活著的生命力。

這趟行山之旅，我猶如也在自己的心中行走著。那裡有高山、低谷，有各式各樣的風景，跟我內在所經驗的光景一樣。

行山是孤獨的，即便路途上有同伴，但只要踏出了第一步，就是一個人的世界。人人沉默挪步，不斷向前走，我覺得人生的道路也如此這般。那又像是音樂，時而沉穩、時而強勁，節奏激昂時會牽引你走進奇妙幻化的國度裡。要形容描述，那便是有股無以名狀的力量在守護著自己。

當你愈辛苦，前面將會遇到的景色便會愈美麗。如果你想看到美麗的風光，則必須跨過這個艱苦的階段。這跟任何宗教或者意識形態無關，而是作為人的自由意志。山裡的一切事物都沒有既定框架，這裡發生的大小事情，都能成爲試煉。強與弱、溫柔與誠實、正直與虛僞、美麗與醜陋、喜歡與厭惡、愛好與憎恨，這些平常掩飾起來的眞實情感，都會坦率地在行走中呈現。隨著不斷地步行，你需要更坦然地面對自己的感覺。大概每個人的心裡都有一片留白的空間，一邊前進、一邊探索，行山給予你自我摸索的機會。最後你會了解到那個最不造作、最眞實的自己。

登頂的喜悅、攀爬的辛酸、寂寞的夜晚，我的思緒充斥著甚麼？每當我蜷縮在睡袋中，閉上眼睛，腦海裡出現的是誰人？行山讓人發現那個跟平常不一樣的自己。

行山的人不修飾、不妝扮，但也美麗，我多次這麼想。我還明白了一件事，就是行山並不是爲了尋找答案，而只爲單純地享受過程。尋找答案其實不重要，最重要的是秉持著享受的心，懷著小小的勇氣，以及解決人生難題的智慧。只要不間斷向前行，必定有到達目的地的一天。JMT之旅，我一邊走、一邊這樣想，心情豁然開朗。還有，就是要輕裝上路。不論是裝備還是用具，隨身背負的行李應該盡量減少。要讓自己走得輕鬆，務必卸下不必要的東西。如果想往高處走，便更加要懂得割捨。我本以爲自己的行裝已經夠輕便，結果還是發現帶了多餘的東西。這都是JMT的經歷教曉我的。

倘若你擁有很多，當然是件好事。但如果你不了解自己擁有甚麼，就不算是擁有。這次 JMT 之旅，讓我重新檢視自己，捨棄不必要的包袱。

我在被譽爲世上最美麗的步道——John Muir Trail，行走了約七十公里，我非常享受這趟旅程，而誰也沒有察覺到我在路途上悄悄地灑下眼淚了。

首遊倫敦散步記

我有位很要好的朋友，寓旅行於工作。我們相約在一個假日的下午見面，他優雅地喝著紅茶，簡直就像英國人上身一樣。

「我試過在紐約和巴黎散步，始終覺得倫敦最好。」他這樣跟我說。

我覺得很意外，因爲我聽說英鎊很貴，那裡的食物不好吃。物價昂貴，食物又不美味，究竟我的朋友爲甚麼會覺得倫敦是最好的呢？我不能理解。我沒有去過倫敦，只好保持沉默。

到了四十歲，我才人生第一次踏足倫敦。

這趟旅行，我住在 St. James 附近的「Dukes Hotel」，這是在倫敦口碑不錯的精品酒店。的士駛入小路的盡頭，便到達酒店。外觀看上去精巧而樸素，英國國旗在正門隨風擺揚，是一座安靜地散發著古典韻味的歷史建築。登記入住之後，我被領到英式茶室，享受他們提供的下午茶，這些細節令人感到貼心。我坐到沙發上，感受著倫敦柔和的日光，紓緩舟車勞頓的疲累。看一看手表，大約剛剛過了下午六時，外邊還很明亮。我今天打算在酒店裡好好休息，明天才開始外出散步探索，滿心期待著。

早上天朗氣清，我在酒店吃過早餐（非常美味，特別是生果，很新鮮，令我很驚喜），便去逛「國家美術館」（National Gallery）。倫敦的美術館是個寶庫，基本上是不收入場費的。實在是太美好了，令我想逐一參觀，慢慢地、細緻地欣賞。我就這樣到處逛，尋找屬於自己的新發現。

從酒店悠悠散步到位於特拉法加廣場（Trafalgar Square）的「國家美術館」，看見路上的人都穿著時髦，走路時英姿颯颯，不愧是倫敦。街道兩旁都可見富歷史感的石造建築。在倫敦散步，光是這樣觀賞街上的建築已足夠享受了，我憶起朋友的話，直點頭同意。

「國家美術館」是在一八二四年設立的世界最大級別美術館，當年曾任職於「萊斯銀行」（Lloyds Bank）的企業家約翰·朱利葉斯·安格斯坦（John Julius Angerstein），把他私人珍藏的三十八件藝術品捐出，成爲美術館的主要展品。我來這裡是有目標的，就是要看看達文西的《岩間聖母》（*Virgin of the Rocks*, 1491-1508），同系列作品於在「羅浮宮」亦有展出。還有霍爾拜因（Hans Holbein der Jüngere）的《出訪英國宮廷的法國大使》（*The Ambassadors*, 1533），是一幅關於視覺錯覺的著名藝術畫作。另也有林布蘭（Rembrandt

Harmenszoon van Rijn）的作品等。能夠飽覽憧憬已久的畫家作品，在宏偉的美術館中自由走動，我心情興奮不已。在英國很受歡迎的特納（Joseph Mallord William Turner），其作品也多不勝數，令人驚訝。

在「國家美術館」旁邊，就是「國家肖像館」（National Portrait Gallery），朋友極力推薦我前往。顧名思義，該館收藏了很多英國人的肖像畫，是一八五一年倫敦舉辦的「萬國博覽會」項目之一，當中最著名的就是一八五六年首次展出的沙士比亞肖像畫。而館內最古老的畫作是一五〇五年的亨利七世。這裡的館藏展現了輝煌的英國歷史和生活，我不禁為眾多稀有的藏品而讚嘆。

午餐時分，我選擇到「國家肖像館」頂樓的餐廳。我竟然愛上了這裡的沙律，眞是十分美味。對於英國食物很難吃這個傳聞，究竟是從哪裡來的？

餐後，我繼續去逛「泰特不列顛」（Tate Britain）和「泰特現代藝術館」（Tate Modern）。這樣在倫敦散步的時光令我樂而忘返。與其說是散步，不如說是美術館漫遊更爲貼切，因爲倫敦街頭眞的幾乎處處可見美術館。在 Tate Britain，看到約翰·威廉·瓦特豪斯（John

William Waterhouse）的代表作《夏洛特姑娘》（*The Lady of Shalotte*, 1888），令我目不轉睛。而在Joseph Mallord William Turner的專題展覽室中，展出了畫家使用過的調色盤以及速寫筆記本等，眞是目不暇給。

要走遍倫敦的美術館、博物館，卽便有多少天也不足夠。大大小小加起來，數量多如牛毛。而無論如何，有一處地方我必定要去造訪的，那就是「約翰．索恩爵士博物館」（Sir John Soane's Museum）。Sir John Soane是「英倫銀行大樓」（Bank of England）的建築設計師，過世後，其故居開放爲博物館。裡面有古代雕刻、建築物遺蹟，被譽爲倫敦最有個性的博物館。卽便收藏品有多麼的貴重，也願意公諸於世，大費周章地把府邸變成博物館或美術館，可說是倫敦一個獨特的景點。由於是把府邸變成展示廳，內裡的格局是門中有門，展品的呈現令人乍驚乍喜，讓我大開眼界。這次到訪倫敦的多個景點之中，我覺得「Sir John Soane's Museum」是最有趣的，去多少遍都不會厭倦。

在遊走美術館的旅途中，我沒有忘記到二手書店逛逛。特拉法加廣場附近的塞西爾巷（Cecil Court），是一條大約只有一百米長的小街，就是倫敦唯一的二手書店街。這裡大約有二十間書店，如果你喜歡書的話，很容易花掉兩小時，還可以找到不少古董、古錢幣和郵票。

這次下榻的酒店在 St. James 一帶，有很多著名的老字號店舖。例如，以做恤衫聞名的「Turnbull & Asser」、賣煙草的「Davidoff」、還有「Dunhill」，這裡非常適合散步，而且是很有格調的地區。我還前往了英國皇室御用的帽子店「Lock & Co.」，該店創立於一六七六年，店面很平實，內裡面積細小，是窄身長形倫敦老舖獨有的構造。店內展示了賀理修．奶路臣子爵（Horatio Nelson）戴過的同款帽子。我想買一頂紳士帽（Fedora Hat）來紀念自己四十歲第一次到倫敦旅行，店員親切地用一個大型機械工具幫我量度頭圍，然後爲我選擇一頂最適合我頭型的帽子。

「Turnbull & Asser」的總監 Kenneth Williams 曾在自傳中寫道：「趁著年輕應該多遊歷，那些經歷會成爲你的人生食糧。要是過了四十歲便應該要到 St. James，作爲遊歷的終點。而今後的人生便停留在此。」

我才剛來到倫敦，只是遊歷的開始呢，我會繼續旅程，探索這個地方。至於你問我喜歡倫敦嗎？自然是不可能不喜歡，我的人生可能要停留在倫敦呢。

那天的約定

在三藩市柏克萊認識的台灣女生告訴我，台北市有間傳說中的文學咖啡店，叫做「明星咖啡館」，位於武昌街，是台灣文人聚集、交流、創作的地方，已經有六十年歷史。

「如果可以的話，一年之後的今日，我們在那裡再見吧。」她說。

我二話不說地點頭答應了一年後的約定，一想到是在越洋的台灣，內心便興奮不已。此後，我再也沒有見過她，也沒有聯絡，但牢記著一年後約定的日子和地點，還有我記憶中她莞薾的笑靨。

一年過得很快，五月的某日，我出發去台灣。早上在成田機場出發，下午已經到了台北。從機場前往「明星咖啡館」，乘的士四十分鐘便到達。無論如何，今天只要在咖啡店等著，就能夠見到她吧。

我通常在等人的時候，一定帶著書，而且會選擇文庫版，因爲體積細小、方便攜帶。這次因爲不知會等多久，袋裡帶了五本書。

這種情況下，我一般會選擇隨筆、散文集或者詩集。長篇小說的話，讀起來就會過分投入，當對方到達時要中斷閱讀，心裡覺得不舒暢，還可能會把那不快的心情寫在臉上，那就不好了。所以能夠輕鬆閱讀的隨筆或散文是最適合的，因爲篇幅較短，就算被中斷也不會太過介意。就像在等待期間一邊咀嚼零食一樣，必要時停下來就可以了。但是小說就是一道菜色，吃的途中要放下筷子，會大大影響胃口。如果不想看隨筆或者散文，無論如何都想看小說的話，就選短篇吧。

最近我喜歡看詩集，短短一行可以讀好幾遍，那留白和幻想空間讓人思考馳騁，一邊咀嚼詩句一邊等待，是幸福的時光，而在不知不覺間，等待的人就會出現。如果你不想思考太複雜的事情，則可以選擇攝影集或者畫冊。

到了「明星咖啡館」，我坐在掛著白色蕾絲窗簾的窗邊位置，已經感受到這間咖啡店是個好地方，這店爲附近的人提供了溫暖的休息空間。我從袋裡取出文庫本，輕輕翻開。台灣的咖啡有點苦，但香味濃郁……

甚麼是「美麗」？

詩人惠特曼（Walt Whitman）[1]身患疾病、生命快將終結的時候，經歷著垂死又欲生的煎熬與掙扎。在世人眼中看來，這麼偉大的人物面對死亡時都會歇斯底里，好像與形象不符，感到意外。但，人本來就是這樣的生物。痛的時候喊痛、苦的時候叫苦，而經歷過重重困難，將之克服過後，又得以繼續生存下去。

我想起曾經從高村光太郎[2]的隨筆中讀過一節，我試著把它寫出來，那只是模糊的記憶，但大致意思應該差不多。

高村先生是這樣說的——水是冷的、草是綠的、天是藍的，我們需要接受自然的規律，然後率直地接納，並將內心真摯的情感釋放出來，這便是「生存」。所以他寫的詩，是緊貼生活的呢喃。

我第一次接觸《高村光太郎詩集》，是中學生的時候。正值青春期的我疑心很重，就是高村

1／美國詩人、散文家、新聞工作者，美國文壇中最偉大的詩人之一，有「自由詩之父」之稱譽（一八一九－一八九二年）。

2／日本近代詩人（一八八三－一九五六年）

先生的詩，把我冷卻了的心融化掉。

生命是五味雜陳的，唯一能獲安慰的，是我們對美麗事物的追求，我們為了創造美好事物而生活。正因為世間充斥著醜陋，人們才會憧憬美好。當領悟到人類以外美麗的萬物，那麼你又如何自處？他的詩作給我循循善誘的啟迪。

除此之外，我還學會了很多東西——不要被「美麗」的外在局限思維。美好的東西應該能夠融入到你的生活之中。美，即有用。在日常裡愈能夠發揮功用，便愈是美麗。不止是用具，行為、人際關係，工作亦如是。美麗的事物往往不在遠方，而是在自己的心坎裡。這些道理，都是《高村光太郎詩集》教曉我的。

在詩集中，〈最糟也最棒的道路〉、〈墓碑〉、〈理所當然的事〉、〈不會燒毀的心臟〉等等，都是我在人生中遇上瓶頸時的救生圈。猶如父母照顧任性的孩子般，高村先生那誠實又溫柔的詩句，成為我的心靈支柱，陪我捱過難關。

我邂逅高村先生的詩作至今已二十五年。直至現在，旅途中還是會把詩集隨身帶著。

與 Alice 同遊

今天早上 Kate 去了「Adobe Books」參加團體展覽「Peace Show」的籌備會議。她朝氣勃勃地跟我說：「那我走囉！」然後就赤著腳出門了。通常從公寓步程五分鐘距離範圍內，她習慣了不穿鞋子。

有很多人都說：「Adobe 是現代城市之光！」這書店作爲社區文化藝術的連繫和標誌，讓人們聚腳其中，具備彼此互動交流的功能，猶如一幅增添城市色彩的壁畫，散發著自由和輕鬆的氛圍，是目前在三藩市絕無僅有的場所。

家裡只剩我一人，我如常坐在窗邊的椅子看風景。倏然，看到朋友 Alice 拿著結他在對面馬路經過。我本想揚聲打招呼，剛好她抬頭望向公寓，便發現了在窗邊的我。「早晨，Alice。你要去哪裡？」「Amy 說她在畫新的壁畫，我打算去看看。Kate 呢？」「她去了 Adobe 找 Eleanor。你的結他還好吧？」「還可以。這樣說話很累耶，你下來吧。」「好，我現在下來。」我赤著腳下樓，Alice 手抱結他微笑著。

「喂，你幫忙聽一聽，這裡有點難。」說著，她便彈起了「披頭四」的《挪威的森林》(*Norwegian Wood*)。一開始由輕輕的掃弦，轉換到四弦指彈，但怎樣也彈不好。「我不習慣使用尾指，練習很花時間。」「這樣啊，不要心急，慢慢練吧。」而對於《Blackbird》她堅持用右手掃弦，而不是用三根手指去彈奏。我想她應該很快就能練熟。「對了，我在看這個，比《黑麥……》甚麼的更酷吧。」她隨手拿出袋裡的一本書給我看看，是約翰·高爾斯華綏(John Galsworthy)的《The Apple Tree》(1916)。「我很喜歡這本書。」她說。一陣微風拂過，吹起了她柔軟的金黃色秀髮，髮絲觸碰到我的鼻尖，我的心跳頓時漏了一拍。我曾經把臉埋到她的秀髮之間，那甜美的味道是一樣的。Alice 凝視著我，我想起了那個只屬於我們兩個人的秘密。

在三藩市北灘(North Beach)的「CITY LIGHTS BOOKSTORE」再過兩個街口有一間湖南菜館。那天，我邊吃著炒芽菜和麻婆豆腐，邊聽著 Alice 訴說和男朋友之間的煩惱。Alice 的男朋友在嬉皮區 Haight-Ashbury 的貝果店工作，他是一位狂野的音樂人，在眼皮、鼻子和嘴唇上都有穿環。而除了 Alice 以外，他好像也同時跟另外兩個女子在交往，所以她正苦惱應否跟他分開，這是很常見的愛情煩惱。「那就交往到討厭他爲止不就好了。」我淡然回答。「但是我很痛苦，每晚都不知道他跟誰睡在一起。」Alice 情緒低落。最後，對她的煩惱我還是沒能幫上忙。離開了店子，Alice低著頭，小聲地哼歌。「你在唱甚麼歌呢？」我問。Alice噗哧一笑，然後回答：「《MY WILD LOVE》……」是「The Doors」[1]一首灰暗情歌，我不禁笑了。Alice繼續邊走邊唱，我用手打著拍子，唱到副歌時，還模仿著Jim Morrison[2]的嗓子同唱。「在夜晚的鮑維爾街（Powell Street）唱著『The Doors』，感覺超酷呢。」Alice說。「是啊，『The Doors』就是酷。」我們邊走、邊唱、邊笑，Alice把手放進我褲子的後袋。

結果，那晚我們難捨難離，就在Alice的甲蟲車裡一起迎接早上。雖然我們過了一晚，但是沒有接吻、沒有做愛、也沒有說出互相試探的話，只是呆在一起而已，就這樣已經覺得很愉快。當天空由藍變成金黃時，Alice問我：「你有沒有讀過《愛麗絲夢遊仙境》（*Alice in the Wonderland*）？」「讀過，爲甚麼這麼問？」「就隨便問問而已，因爲書中主角的名字和我一樣，從小我就把自己和那個Alice重疊。」「原來如此。」然後她看著那燦爛的朝陽，又開始唱歌。「你在唱甚麼？」我問。「Arlo Guthrie[3]的《ALICE'S RESTAURANT》。」Alice笑說。「那是

1／美國搖滾樂團，成立於一九六五年。

2／「The Doors」主音歌手（一九四三－一九七一年），樂團於一九七三年解散。

3／美國民謠歌手（一九四七－），其最聞名的歌曲是一九六七年發行、長十八分鐘的說唱藍調《Alice's Restaurant》。

很輕快的歌。」「因爲我現在很高興。」

「You can get anything you want……」Alice望著我，輕快地哼唱。那是我第一次與Alice接吻，車窗外的陽光十分耀眼。

「我們去紐約吧。」

過了三日，Alice和男朋友分手後跟我說。我有點猶豫，才接吻過一次，就約我同行嗎？但想到可以和Alice共度時光，就覺得高興，也想著可以跟她關係更親密。「好啊，我們去吧。」我掩飾著欣喜若狂的心，佯裝若無其事地回答。「太好了，下星期我們一起去買機票。」Alice笑容滿面地拖起我的手。可是我心裡暗想：購買機票的錢要怎麼辦呢？

後來我向日本朋友借來旅費，我答應他旅行回來後，便打工還錢。其實我心裡是想著，最好能在哪裡找到「501」的倉底貨拿去賣，找到五條就夠了，何必辛苦掙錢。我也早已鎖定了一間洋服店，大不了花三日時間駕車尋找，總會找到的。念頭很簡單，我心裡如此盤算著。

一起去買機票的那天，我問Alice：「爲甚麼你想去紐約？」

「唔，沒甚麼特別意思，就是想去。」說畢，她從袋裡拿出一本書給我看。

「你看，這是我在『City Lights』買的。」

那本書是《THE BEAT GENERATION IN NEW YORK》，是一本集合了跟「Beat Generation」[4]作家相關的店舖、建築物和場地等資訊的旅遊書，我笑了。「不要笑，這本書寫得很詳細，都是一些我不認識的地方。」Alice 翻開那本書，興高采烈地跟我說。「首先我們要去格林威治村（Greenwich Village），還有扒房、酒吧，然後咖啡店，聽說有一間叫做『Bohemia』的咖啡店很有名，三藩市也有分店……」

然後她發現旅遊書上也有卜．戴倫（Bob Dylan）故居的介紹，歡呼：「Wow！」這個我也很想去呢。

「書上是這樣寫的，《The Freewheelin' BOB DYLAN》的專輯封面，Bob 和女友 Suze 手挽手走著的就是 West 4th Street，我們也要到那裡走走啊。」

Alice 表現興奮，我連連點頭。住在三藩市的我，對於「Beat Generation」不怎麼熱衷，但非常期待能夠跟 Alice 去旅行。

4／可參閱本書頁 145 的註腳解說

一星期後，我和 Alice 踏上紐約之旅。

到了紐約，我們首先去 Greenwich Village 散步，那裡的中心地帶是 7th Street。這區域的街巷呈放射線向外伸延，很多又短又窄的小路，亦有很多交叉點，以爲走到盡處了，步行數條街之後，那小路又再次出現。我們一直逛著，對於來自三藩市的我們來說，這兒的街道規劃令人摸不著頭腦呢。

Alice 手裡有 Greenwich Village 的地圖，她懊惱地抬頭看著我說：「這裡有兩條 West 4th Street，就在 11th Street 的上面和下面……」她索性收起地圖。我們試著到處走走鑽鑽，入目的都是有名的街道，例如 Bank Street 、Christopher Street、Morton Street、Waverly Place。在這個古老又寧靜的街區中，看到的都是一排排獨立住房，我們像迷路似地走進了與本來滿是摩天大樓林立的城市景觀格調全然不同之地。「這眞是一個浪漫的地方。」Alice 說。

我們在找的街道叫 St. Lukes Place，是柯德莉夏萍（Audry Hepburn）[5]的電影《盲女驚魂》（*Wait Until Dark*, 1967）取景的地方。Alice 是柯德莉夏萍的忠實擁躉，所以她請求說

5／英國、美國荷里活著名女演員（一九二九—一九九三年）

一定要去那裡看看。而愈接近那個地方，我便愈覺得 Alice 活像柯德莉夏萍。黃昏時，可見一些樓底較高的住宅，客廳開始亮燈，透過窗戶能夠看到書房，然後我們發現了一間屋宅的門口，掛著一塊金漆木板，寫著「給可憐的孩子 Greta Garbo 之家」。Alice 花了不少時間參觀這座可愛的建築物。

這裡的大街小巷開滿了小型商店，每間都別具風格。我嘗試逐家櫥窗數著可見的手工藝品——有墨西哥的銀包、印度的拖鞋、剪髮專用的鉸剪、塔羅牌、皮製腰帶、印度首飾。Alice 被我逗笑了：「你不如說 Greenwich Village 本身就是手工製造建成的吧。」

不知從何時起，我和 Alice 手牽著手走著。「那，今天要住哪裡呢？」Alice 問。

「『Washington Jefferson Hotel』，挺經濟實惠的，這書有寫。」我從口袋裡拿出《New York, New York》的文庫版。「地址是 Hell's Kitchen……」「噢！地獄廚房？」Alice 大笑起來。我的輕吻就落在她的肩頭上。

向星星許願

「要是你以爲自己甚麼都能夠做到，那可是大錯特錯了。即便你多麼的努力，人的能力始終有限。例如受限於身體狀況、周遭環境，令你所擁有的實力無法完全發揮。對著全能的神祈禱，希望祂賜予你力量，是很重要的。」

這是作家兼評論家小林秀雄的話。我沒有打算批評別人的信仰，只是想不到會從他口中說出這番話，我爲此感到驚訝。

傑作之所以能夠被創造而成，單憑一般的才能是不行的，而是要依靠連自己也無法掌握、光只是努力也無法獲得的天賦。此外，相信誰也有過類似的體驗吧。比方說，不一定因爲宗教信仰，向著天空、太陽、星星祈求，是我們日常生活中都有做過的事情吧。不，我們都會誠心去做。我們日本人本來就深信大自然的力量。早上起床對太陽合十，夜晚對星星鞠躬，感謝一天的守護，都是理所當然會做的事。

祈禱這件事，並不需要別人告訴你怎麼去做，也不必被別人要求才去做，各人就用各自的方式，依著各自的心意去做，是自發進行的儀式。

無論何時都要懷著感恩之心，不要把我們的愛心、對某人的傾慕、熾熱的想法埋藏，試著向夜空中劃過的星星祈禱吧。

WHEN YOU WISH UPON A STAR……

早上的雪

有人說，從天而降的雪花，是神明給人們捎來的信，那年的農作物豐收與否，看山上的積雪便知道了。在北海道一個叫「駒岳」的地方，因其山背上的積雪會形成馬匹的形狀而得名。山側積雪的形狀，有時看上去，像鳥、人或馬，令人聯想到那會否就是這片土地的守護神明。

在旅行的地方一覺醒來，窗外已經變成雪白一片，我低聲讚嘆著美景。

「你有聽說過雪占卜嗎？」我身旁的她一邊呵氣溫暖手掌一邊說。「晚上弄個小雪球，對其許願，然後將雪球放在太陽可以照耀到的地方，翌日早上觀察那雪球的變化，就能占卜你許下的願望會否實現。不如，我們今晚也試試看吧？」

朝陽灑落在外面的雪上，折射出幻彩般的光芒。她凝視著結積在小松樹枝頭上那輕盈的白雪花，興奮地說。

到酒店旅行

旅行最重要的前提，是有健康的身體、時間、金錢，和永不滿足的好奇心，只有集齊這四項元素，才可以有個像樣的旅行。我要強調，這只是像樣的旅行，而不是眞正的旅行。

那麼眞正的旅行，還需要甚麼呢？我認爲有否思考過這道問題，對人生會產生莫大的影響。首先你要認知的是，自己的人生本身就是漫長的旅行。若你此刻有空，請好好反思這件事。

倘若人生就是一場旅行的話，那行程要怎樣計劃呢？如果隨波逐流地跟著他人或社會的大方向去走是比較輕鬆的，可是這樣的話，便欠缺了自己的意志、努力、發現，和逆流而上的勇氣，也就沒有辛苦過後的喜悅。沒有比踏上一艘不知道會駛向哪裡的船更令人不安的事，有的只是跟隨大隊感到安穩的錯覺而已。這樣活著也無不可。只是，讓我告訴你，我就是要從那艘船一躍而下，跳進汪洋大海，用自己的力量去游，打造與繪製那只屬於我的小船和地圖，由此享受這趟沒有盡頭的旅程，這才算得上是眞正的旅行。不一定要到遙遠的國家，旅行不是物理上的事情，而是精神上的意義。就算身在家裡、或者就近的地方，只要肯下工夫、花點心思，都能夠走出一趟出對自己來說別具意義的旅程。

我經常到酒店住宿，通常會選擇跟工作地點步行數分鐘距離的酒店。話說在前頭，我想回應究竟甚麼是旅行？旅行，就是獨自一人去面對和重新檢視自己的一種精神行爲，從而尋回自我，那才是旅行的眞正意義。也要一提，觀光和旅行是兩回事啊。

在社會的洪流裡，每日被生活和工作驅使，人便於不知不覺間迷失自我，這也是在所難免的。但如果放任不管，身心就會疲憊，必須要重新出發和作出調節，而最好的方法，就是旅行。

我的旅行必需品，並不是替換衣物和洗漱用具，而是自己最喜歡的杯、匙羹，和一本書。只要在生活和工作之間能夠偷得一日空閒，我就會帶著這三件必需品，到附近的酒店來趟旅行。

旅行最重要是放鬆身心，我一直都帶著自己的杯，無論在火車、飛機上，又或酒店房中，都會使用。有了它，就會覺得那一刻、那空間，是屬於自己的。至於匙羹，攜帶很方便，讓我隨時都能用上，是自己喜歡的物品。然後，選一本想讀的書，躺在酒店的沙發或者床上細讀。只要手邊有這三樣東西，便能放鬆心情，展開只屬於自己的旅行。

就在今晚，我打算到酒店，來一趟徹夜不眠的旅行。

我來京都只是睡

我在五月的長假期去了一趟京都，距離上一次放長假已經是半年前的事。

今早全國天陰多雲，我把最基本的行裝放入經常攜帶的山葡萄藤籃，乘新幹線出發。列車發動的提示旋律響起，啊，這表示我終於可以休息了。我試著放鬆身體、平復心情。列車徐徐移動，這時我讓心情來個徹底轉換，既然是放假，就不再想任何有關工作的事。我把身體沉進座椅裡，閉上眼睛休息。

半年前的休假，我和攝影師朋友兩個人去了倫敦大概一個星期。最初的三日，是爲了工作到處取材，餘下的日子才各自去自由活動。記憶中，我沒有外出，只躲在下榻的酒店裡，在大堂喝茶，然後睡午覺。還有，那次我與在倫敦居住的六歲小朋友見面。他的名字是Oscar，我叫他小O。小O跟平常一樣拿著畫具來探望我，我們一整天都在畫畫，閒下來時就像跟小狗追逐般，玩作一團。小O的爸爸是我的朋友，他在三年前生病去世，自此我便和小O成爲朋友。

直至列車駛過名古屋站爲止，我都懷念著倫敦的旅行。回過神來，坐在旁邊的家人跟我說：

「到了那邊，記得立刻寫信給K伯伯道謝。」

這趟旅行是祖父的朋友K伯伯的禮物，作爲半年前我當上了《生活手帖》總編輯的賀禮。

我的家族傳統是「不會把遺產留給家人，全都交給外人。」祖父過身時，他的遺產沒有留給任何一位親屬，而是給了其他人，曾祖父的時候也如是。但有一個潛規則，就是繼承遺產的人必須照顧遺下的親屬。所以，K伯伯作爲祖父遺產繼承人之一，尤其照顧我。

「知道了，到酒店我就寫信。」

K伯伯從以前開始，就和祖父一起，想培育我成爲政治家，好讓我走上跟曾祖父一樣的路，我一直抗拒著。他們常常給我介紹各界人物，我覺得煩透了。後來他們還想爲我安排工作，我只感到自己的人生被防礙著。本來，世代不同已經有代溝，最令我困擾的是他們完全沒有察覺。從他人看來，可能覺得我這是身在福中，但無論如何，這都跟我的個人原則相違背。其實，這次的禮物我也很想拒絕，奈何家人已代爲接受了。

「沒關係，一直拒絕的話對K伯伯也不禮貌。」

曾祖父、祖父和父親都一直光顧這家京都老字號旅館，對我來說只感到侷促。當作社會體驗的話，這裡住過一次就夠了，從不覺得來這裡度假就是高人一等。

「K伯伯只是提供住宿而已，其他的都由我們自己作主。」

要是沒有阻止K伯伯，相信這次京都之旅的所有大小事務，他都會幫我們打點好。這種事以往曾經發生過一次，那經歷真是糟透了。

到了旅館，就如我所料，我們受到貴賓式招待。穿過雅致的中庭，來到建築物的最盡處，那是寬敞又通風的房間。

「一切都按照某先生的吩咐準備好了。」

女主人跟我們打招呼，說有需要幫忙的話儘管吩咐。我們的房間被打點得無微不至。

我打開房間的窗戶，然後栽頭躺下。

「說起來，跟K伯伯通電話時，他提及以前曾經投稿到《生活手帖》。」

沏了茶，家人開始打開行李。

我把臉頰貼在榻榻米上，沒有回答。京都清爽吹送的涼風，悠悠地把我引進夢鄉。

在京都我決定甚麼事情都不管了，就一直睡吧。我的旅行就是睡眠。

到訪高村山莊

破舊的牆身、木作的門扉、紙糊的窗戶，三帖半[1]的起居室中有一個「圍爐裡」[2]，前方有個洗滌間。這裡除僅僅足夠生活的必需品外，便別無甚麼了。從牆壁和柱子狹縫間透進來的光，照映著閃閃飛舞的塵埃，風颯颯地猶如唱歌一樣吹過。從屋後的山丘可看到北上山脈，那美景猶如日本的普羅旺斯。

我終於來到了，在花卷太田村山口的高村山莊，是光太郎先生七年間獨自居住的山間小屋。我看著鈷藍色耀眼的天空，佇立在這片土地上，蝴蝶乘著輕柔的微風飄至，悄然停留在我的運動鞋面。這片潤澤的大地，連一草一木都這麼美麗，是大自然的烏托邦。

光太郎先生，你好。

一切從我十四歲那年，偶爾經過百貨公司舉行的「高村光太郎展」開始。對任何事都抱有強

1／即約六十平方尺

2／日式火爐，作取暖和煮食之用。

烈疑心的我，渴望窺探事物的眞相。那時，光太郎先生的說話、文章和作品，給予我很大的衝擊。我讀了當時展示的詩作〈最糟也最棒的道路〉，當中描繪了從未有人教導過我的眞理，那是眞正的生存之道。最糟也是最棒，即便是最糟也沒關係。看過展覽，我很想擁有一本以光太郎先生的說話編織而成的詩集，哪怕要花掉回家的車費也要買下來。

本來對世間事物都不信任的我，從那天開始改變了。我第一次感受到生存的可貴，明白到就算不能嵌入世間既定的框架裡，單純地想要生存下去也是有意義的。我抱著詩集步行回家，在這漫漫長路上，開始覺得生之爲人是了不起之事。

時至今日，光太郎先生的說話、作品，以至生存之道，都繼續成爲我的希望和心靈支柱。我一直願望有一天，能夠到訪花卷的山間小屋，體驗光太郎先生這七年間，經歷春夏秋冬、過著獨居生活的地方。他選擇在這嚴苛的環境下生活，心裡究竟想著些甚麼？我就是被這個念頭引領到這裡來。

光太郎先生是個很傳統的人，六十二歲的時候，他以「疏開」[3]爲借口，實質上是懲罰曾支

3／意指為了避開空襲、火災等損害，而疏散到別處。

持戰爭的自己，選擇在嚴苛的環境下生活。冬天，從牆間罅隙吹進來的雪花，覆蓋到寢具上。零下二十度的寒冷天氣，積雪及腰，連用來寫詩的墨水也結冰了。到了夏天，小屋周邊的環抱群山成爲潮濕地帶，小屋成了日本蝮蛇的棲身之所。這惡劣的生活環境，不斷侵蝕光太郎先生那疲累的身軀。雖說過著晴耕雨讀的生活，但都是拿著鋤頭贖罪的苦行日子。有時他還避過人們的目光，因病吐血。卽便如此，光太郎先生仍然打從心底熱愛這裡的大自然和村民。甚至，試圖把這裡打造成「地上的大都會、日本最優秀的文化部落」。

光太郎先生說：「這個空氣清新、富人情味、溫暖又靈秀的地方，一定埋藏著美好的事物，我能感受到，這裡孕肯著世間獨有、最美麗的東西。」他還會熱心地爲村中純樸的孩子給予教育。

曾經發生過這樣一件事。有所學校計劃去光太郎先生的山間小屋附近遠足，就在出發前一日，當地縣廳突然發信函，邀請光太郎先生作一場演講。由於他當日已有約在先，於是婉拒，但縣廳卻堅持他務必要出席。學校老師得悉狀況後，便把遠足日子延期。之後，光太郎先生決定親自前往學校，在近一百名學生面前，跪坐在地，道歉說：「各位同學，對不起，我沒能遵守和大家的約定。」他還教導學生：「人不可以說謊，一定要活得正直。」很多學生對那次和光太郎先生的會面，留下深刻印象。這樣的光太郎先生，受到村民熱烈的愛戴。

有次，即將畢業的學生請求老師，希望在離校前能夠跟光太郎先生見面、聽他講話。「好吧，我嘗試去拜訪他。」然後，老師便踏著積雪的路登山，探訪光太郎先生的山間小屋。不料到達小屋甫見到光太郎先生，他便大發雷霆：「沒有預約就前來貞無禮！凡擅闖者，不是盜賊，便是搞法國大革命！」光太郎先生勃然大怒，罵了老師一頓，叨唸著關於法國大革命的話題近一小時。老師萬分困擾，好不容易終於等到回話的機會，說：「其實，學生正在等著……」「爲甚麼你不早點跟我說！」他又生氣了。「那麼，你三十分鐘後帶著學生再來吧。」老師用手拍拍心口安撫自己，終於鬆一口氣。過了一會兒，老師和學生一起來到小屋前，披著羚羊背心、戴著扁帽、手執木棍的光太郎先生已經在屋外等候，滿面笑容地張開手臂迎接他們：「歡迎、歡迎。」可見他多麼的珍惜孩子們。

山口小學至今仍然留著光太郎先生所寫的校訓——「誠實、親切」。我欣喜能夠得知校訓的來由。這是他思考了半年才寫下的，光太郎先生一直追求返樸歸眞，教誨孩子做人道理，無論如何都要誠實，無論對誰也要親切。他還會對孩子說：「敞開心扉，每天都可有新發現。」

光太郎先生洗衫、煮飯、打掃，都親力親爲，山間小屋雖然簡陋，但十分整潔。剛剛搬來這裡的時候，他只帶了長靴、西洋雨傘、背囊、國民服，以及基本生活用具和雕刻工具。在小屋前的小塊田地，耕種很多蔬菜，有茄子、蘆筍、秋葵、芫荽、番茄、馬鈴薯、荷蘭豆和椰菜。番茄種得特別好，十分美味。他擅長烹調椰菜，會沾著從羅丹[4]那裡學到的特製醬汁來吃，又或把椰菜切成一口大小，將蒜頭和辣椒剁碎，加入少許揉過的玉桂葉，再拌入醋和豉油，聽著也覺得美味。在山間小屋生活基本上沒有電力，日落後要燃點蠟燭。日間使用吊著小石子的日晷來分辨時間，那是用墨水畫上刻度、沾了煤的障子紙作基盤。有一天，光太郎先生在附近的森林散步時說：「這森林就像盧森堡的公園。」這裡的大自然再嚴苛，也有和諧的一面，像蟬不會躲避人，鼠在人面前會翻觔斗。

身上流淌著江戶血的都市人──光太郎先生，在這樣的深山中居住不會寂寞嗎？所有到訪小屋的人都這樣問他，而他總會回答說：

「我一點也不寂寞，我的身體裡住著智惠子[5]。每逢滿月我都會準備兩個酒杯，倒上啤酒，其中一個杯就是智惠子的。一邊賞月一邊喝酒，杯中的酒會逐漸減少。在步行時、煮飯時、寫詩時，

4／François-Auguste-René Rodin，法國十九世紀著名雕塑家（一八四〇－一九一七年）。
5／高村光太郎的妻子（一八八六－一九三八年）

我合上眼就知道智惠子一直就在我身邊，所以我一點也不愁寂寞。」雖然光太郎先生這樣說，但他還是會登上山口山，望向福島的方向，那是智惠子的故鄉，他大聲叫喊：「智惠子！智惠子！」向著星空連呼：「智惠子！智惠子！」

年輕的光太郎先生曾經嗜酒，過著自甘墮落的生活。就在那個時候，命運讓他遇上純潔無瑕的智惠子小姐，令他的人生作了一百八十度轉變。他開始渴望新的生活方式，正視生命。他發覺自己愈愛著智惠子小姐，就愈活得更是像是一個人。

現在，我站在光太郎先生的山間小屋前，百感交集。光太郎先生，請聽我說，請你傾聽我。你之所以決心到這裡獨居，是因爲不想離開智惠子小姐吧。在這裡沒有其他人，何時何地都能與她相處。這裡有著智惠子小姐最喜歡的日本榿木和眞正的晴空[6]。

這裡的藍天和耀目的光輝，智惠子小姐一定很喜歡。她也應該不認爲這樣的生活貧苦，你在詩中曾寫道——每當自己的心快被思念之情撕裂時，智惠子一定會來見你。捨棄全部、超越所有、無視一切，必然前來見你。我從你這番話裡，認識到愛一個人的力量是多麼的令人敬佩。愛就是

6／高村光太郎先生曾在詩集《智惠子抄》中提及，智惠子小姐認為東京沒有真正的天空，她故鄉的天空才是真實的。

生命，人世間最幸福的事。然後，所謂愛，會讓人不經意地流下眼淚。

感謝你，光太郎先生。

北緯三十九點五度，東經一百四十一度，太田村山口。合上雙眼，聽風之歌，便能看到光太郎先生揹起背囊、穿著塑膠長靴、拿著木杖漫步。張開眼，那裡有赤紅的夕陽和金黃的雲朵，相信這裡的夜空一定美極了。

光太郎先生，我也在追求著最糟也最棒的生活，踏在最糟也最棒的路上秉持著這個信念，堅持到底。

光太郎先生，望珍重。

倘若人生是一場旅行

場所はいつも旅先だった

作　　者 —— 松浦彌太郎 Yataro Matsuura
譯　　者 —— A.P.
翻譯校對 —— 柏菲思
編　　輯 —— 阿丁 Ding
設　　計 —— 阿丁 Ding
封面插圖 —— April Yip

出　　版 —— 格子盒作室 gezi workstation
郵寄地址：香港中環皇后大道 70 號卡佛大廈 1104 室
網上書店：gezistore.ecwid.com
臉書： www.facebook.com/gezibooks
電郵： gezi.workstation@gmail.com

發　　行 —— 一代匯集
聯絡地址：九龍旺角塘尾道 64 號龍駒企業大廈 10B&D 室
電話：2783-8102
傳眞：2396-0050

承　　印 —— 美雅印刷製本有限公司

出版日期 —— 2021 年 11 月（初版）

I S B N —— 978-988-75725-0-3